バスケ小僧たち

五ノ池 迅
Jin Gonoike

文芸社

目次

通崎《つうざき》　龍二《りゅうじ》さんに贈る

バスケ小僧たち

第1ピリオド　バスケ小僧たち

その1　黒豹

事の発端は、ゴールデン・ウイークにおこなわれた高谷《たかや》中バスケットボール部の黒《くろ》丸《まる》遠征に遡る。

黒丸市は県内中学バスケのメッカと言われる地。いつも市内にある東西南北の四中学校がしのぎを削り、黒丸で優勝することイコール県のトップに立つことを意味するほど、高いレベルのバスケがくり広げられている街だ。

そんな黒丸バスケの中心にいるのが東部中。県内屈指の指導者として名高い三輪《みわ》良三《りょうぞう》氏が二十年以上も指揮を執り、県を制しただけにとどまらず、次の北信越ブロックも勝ち抜いて何度も全国大会に駒を進めていた。その全国でも、かつて堂々三位入賞して、黒丸旋風を巻き起こしたことがある。

だから、黒丸市に遠征して東部中に胸を借り、力をつけたいと願う県内外のチームが殺到する。大会間近になると、実に一日数十ものチームが黒丸詣でをするほどだ。

高谷中もコーチの荒神欣四郎《あらかみきんしろう》が三輪氏と旧知の仲で、黒丸遠征は毎年の恒例となっていた。

＊　＊　＊

「荒さん、あのマネージャーの子を出してやったらどう？」

「どうって？　三輪さん、ルール違反でしょう」

「練習ゲームですよ。練習ゲーム。大会や公式ゲームじゃないんだ。強化が目的でしょう。僕はいつだって、いいバスケ、質の高いプレーに出逢ってみたいんですよ。実際、あの子はただ者じゃないでしょう？」

「わかりますか？」

「そりゃ、わかるよ。アップに参加している時の動きを見りゃね」

「ハハハ。三輪さんの眼力にはかなわないな。あの子の兄貴は去年の小沢《おざわ》ですよ」

「小沢って、あの小沢アキラ君？」

「そう」

「小沢君って、たしか嵐野《あらしの》高に行ったんだよね。オファーが来て。今じゃ、もうスタートで出ているって聞いたけど」

「そう。その小沢。でも、あの子の方がセンスは上ですよ。きっと」

「へー、そりゃ、ますます見てみたい」

「まっ、他の先生方が納得してくれるかどうかですよ。後に尾を引かなきゃね。まあ、三輪さんが説得すれば、誰も文句は言わないでしょうがね」

と言った後で、荒神は、

「ハ、ハ、ハ、ハ、ハ」

と軽やかに、しかしどこか意味深に笑った。


午後の最終ゲームとして組まれた東部中対高谷中戦。その第1ピリオドの中盤で、高谷のポイント・ガード（司令塔）のポジションを任せられていた大原野道《おおはらのみち》が右足首を負傷した。幸い骨に異常はなさそうだが、無理を押して出場できるような状態ではなかった。登録メンバー五人ギリギリしかいない高谷にしてみれば、残り四人で戦うか、この場で潔くゲームを放棄するかのどちらかだった。バスケはルール上、二人いればチームとして成り立つ。が、五人相手に四人で戦えるほど甘くはない。野道が退いた時点で、高谷はこの日の日程を終えて帰途につくと思われた。しかし、誰もが予想しない形でゲームは続行されることになった。

最終ゲームということで、遠方から来ていたチームはすでに帰った後だったが、まだ多くのチームが東部のプレーに学ぼうと居残っていた。たくさんの観衆に取り巻かれて、古びた体育館内のやや薄暗いコートは、何か異様な空気に包まれ始めていた。

高谷がギリギリ五人しかメンバーをもっていないということは、去年秋の新人戦以来、周知のことだった。また誰かがアクシデントで試合に出られなくなったらどうするつもりだという声は、当初から至るところで聞かれていた。

それがまさに現実のものとなった。そんな中で、今まで一度もコートに立ったことのない一人の選手が、高谷ベンチから登場してきた。

真っ黒く日に焼けたその選手は、身長こそ中背で目立たないが、端整な顔立ちがまず人の目を引いた。濃い眉は柳の葉のように形良く整い、黒目がちのパッチリとした大きな瞳、鼻筋もスッと通って、顔全体の醸し出す印象がとてもエキゾチックだ。

やや長めの髪は、しかし襟足がきれいに整えられ、清潔な印象を与えた。細めの手足も体躯をいっそう伸びやかに見せていた。まず誰もがふと注目してみたくなるような容姿の魅力をもったその未知なる選手は、だが室内スポーツ選手には珍しいくらい日に焼けているという理由だけではどうしても拭いきれない、何か不思議な違和感を醸し出していた。

練習ゲームということで、正式のユニフォームは着用しない。白いTシャツの上に番号入りの黒いナンバリングを着たその選手が野道のポジションにそのまま入って、ゲームは再開された。すると、どうだろう。高谷はまるでそれまでとは別のチームになった。

真っ黒に日焼けした「9番」は、コートに入るや、静かに獲物を狙う時の黒豹のように眼光鋭く動き回り始めた。そして狙いを定めた後のドリブル。そのスピードが他と比べものにならないくらいに速い。ただ速いだけではない。急にストップしたり、スピードに変化をつけて相手のマークをかわす「フェイク」というテクニックの切れ味が抜群だった。相手ディフェンスはついていくのがやっとで、最後は黒豹の見事なドリブル・ワークにリズムを狂わされ、まるであざ笑われるかのように置き去りにされた。

　そして、スリーポイント・ライン手前で優美なフォームからいきなりシュート。少し赤みがかったオレンジ色の革製ボールは、進行方向と逆向きの回転をしながら空中にきれいなアーチ形の軌跡を描いて、頭上三メートルの高さにあるオレンジ色のゴール・リングに吸い込まれ、白いネットをサッと揺らした。

　交代前、高谷は6対10で2ゴールリードされていたから、これで9対10の1点差。そして、9番のその後のディフェンスへの切り替えがさらに鮮やかだった。シューズの底にまるでフロアーに反発する磁石でもついていると思われるような独特の滑らかなフットワークを駆使し、相手ガードにピッタリついて、パスを出させず、途中でドリブルをカット。そのまま自分でゴール下まで高速ドリブルで持ち込み、ボールを掌《てのひら》で下から掬《すく》い上げるようにゴールに向け放つレイアップ・シュートを確実に決めた。まさに電光石火の早業。高谷はたちまち11対10と逆転した。

　その後、黒豹は自分で持ち込むばかりでなく、長身センターをポスト（楔《くさび》）に使ったプレーに合わせたり、相手ディフェンスを囮《おとり》の自分に引きつけておいて、中に走り込んだ味方に目にも止まらぬ素早いパスを入れて連携を演出した。

　まさに自由自在にボールも味方も操ってみせた。自分の体をうまく使って、動作の中に必ず相手を欺くフェイクを何度か入れる。それによって時差（ズレ）をつくる。理屈ではその大切さがよく説かれるが、この9番ほどそれが実現できている選手はまれだった。観客は次第に9番の一挙手一投足に注目し、そのアイデア溢れる動きに呼応して歓声を上げていった。そして、高谷は第1ピリオド終了時点で、なんと20対10と逆に10点の大差をつけ、ディフェンスでは強豪東部の攻撃を完璧に封じ込めた。だが、多くの観衆が見守る中で、最初からつきまとっていたあの違和感が、まるで布に落ちたシミが次第に滲んでいくように、会場全体にジワジワと広がっていった。

「おい、あの9番って、ひょっとしたら女の子なんじゃないか？」

「うん、俺も何だかそんな気がする」

　そんな会話がヒソヒソと囁《ささや》かれ始めていた。それは、9番の選手のぱっちりした目鼻立ちとしなやかな細い手足という容姿の印象もさることながら、プレー中に発する声が最大の原因だった。黒豹は時折、声で味方の選手に指示した。少しガラッパチな口調は男子のようにも思われたが、その甲高さは少女のソプラノの声の質そのものだった。

最初から会場全体が引っかかっていた妙な違和感について、とりあえず納得させる一つの手掛かりが得られたためか、観衆の9番への関心はまた逆に一気に高まった。成長の個人差の大きい中学生の年頃には、時に女の子のような印象を与える男子もいるにはいる。顔立ちや髪の形が中性的なためもある。周りもその最初に目にした時の印象をけっこう長く引きずる。でも、高谷の9番の黒豹めいた選手は、どうもそんな曖昧な範疇にはいないようだ。つまり、決して「女の子っぽい男の子」というような中途半端な存在ではなさそうなのだ。

第2ピリオドが始まった。1ピリ八分間で4ピリまである公式ゲームと違い、練習ゲームでは対戦相手とは基本的に2ピリゲームしかしない。4ピリまでやると、何回も休憩を挟んだりして時間のロスが生まれ、一日にできるだけタイプの違う多くのチームを相手にしたいという目的がかないにくいという事情があった。だから、日程は

2ピリ単位で組み立てられる。

そして、これが今日の全ての日程の最終ピリオド、相撲で言えば「結びの一番」ということになった。高谷は最初から9番が飛ばした。今度は自分が切り込むのではなく、他の選手をどんどんパスで動かした。

もちろん第1ピリオドにやられっ放しだった東部も目の色を変えて挑んできた。得意のディフェンスのプレッシャーは一段と強まった。1ピリは好奇心から様子見していた三輪コーチも、あまりに不甲斐ない自チームに対し、喝を入れ、王者の面目にかけて勝負にこだわる気になったのだろう。チームの雰囲気は1ピリとはまるで違って見えた。

しかし、この日の高谷の五人の精鋭たちの充実ぶりはさらにその上をいった。9番が入ったことで、各ポジションの役割意識が高まり、至るところで相手より数的有利になった。そうなると攻撃のバリエーションも増え、相手は次の出方を予測できず、焦った。相手が焦れば焦るほど、9番はさらに相手の裏をかき、それがまた面白いように的中した。自分の意図を通すために、9番は味方に例の甲高い声で、

「そこ、中に入れ！」

「センター、張れ！」

などと指示を出し、その歯切れのよい声がまた見ている者の好奇心を大きく煽った。高谷は2ピリ前半ですでに5ゴール、10点をあげ、逆に東部の攻撃を再びシャット・アウトした。長身のセンター・プレーヤーだけでなく、全員の果敢な挑戦で東部のシュート・ミスのリバウンドをことごとく支配した。また一瞬の隙をついて相手ドリブルやパスを見事にスティール（奪取）した。王者東部が全く歯が立たない。一方的にやられてしまっている。今シーズン、こんな東部を目にした者は誰もいなかった。

ピリオド後半に入り、高谷はさらに多彩な攻撃を展開する。9番はまるでオーケストラの指揮者のように視野が広く、他の四人に次々とシュート・チャンスをつくるラスト・パスを供給した。そして終盤では、ここぞという時に自分からカットインして中央から攻め込む。観衆は縦横無尽の攻撃バスケの面白さを堪能した。

ラスト一分。意地でゴールを奪おうと放ったスリーポイント・シュートが外れ、リバウンドももぎ取られてディフェンスに回った東部が、自ら攻め込んで中央突破してきた9番を強引にブロックした。明らかなファウル。その瞬間、

「キャッ」

という悲鳴が場内に谺《こだま》した。もうそれは、紛れもない、完全な女性の声だった。大きなどよめきが場内に走った。そして、その後のフリー・スローに立った9番を、体育館にいる者全てが、まるで異星人でも目にするように呼吸を止めて見つめた。

あいつは間違いなく女の子だ

しかし、そんな観衆の好奇に満ちた思いなど全く無関心なように、日焼けした異星人は二本のフリー・スローを、いとも簡単に、当然の作業のように、けれどもどうしても観衆が目を奪われてしまう実に優美なシュート・フォームで、完璧に決めてみせた。その手首の柔らかい動きが残像として残る最後のゴールの成功と同時に、ゲーム終了のブザーの音が、遠くから打ち寄せてくる潮騒のように、やけに静かに、低くゆっくりと館内に響き渡って、やがて観衆を我に返した。センター・サークルに誇らしげに顔を起こして並んだ高谷に対し、東部の選手は俯いたまま唇を噛みしめ、そして時折下から睨むように9番を見つめた。

その後、東部ベンチに高谷のメンバーが挨拶に来た。村松雄一《むらまつゆういち》キャプテンの声に合わせて全員で礼をした後、戻ろうとする9番に三輪コーチが声をかける。

「小沢さん、どうやら君は兄さん以上のセンスだね。またいつかウチのゲームの相手を頼むよ」

小沢と名前を呼ばれた9番の選手は、その瞬間、ハッと驚いたように目を見開き、そして、少しはにかむようにして、ゲーム中の凛とした表情からは想像もつかない柔らかな笑顔と白い歯並びを見せ、三輪コーチにピョコンと一つお辞儀をした。そして、そのまま仲間を追いかけて、ゲーム中の黒豹さながらの全速力で、風のように走り去った。

その2　波紋

早朝、六時ちょうど。黒丸東部中体育館コートのまだ薄暗いセンター・サークルに、大きな人の輪ができ、全員が手をつないで毎朝恒例の部訓「道」の朗唱が始まった。

道

バスケットボールを道として選び
それゆえに礼儀を重んじ
コートで精神を鍛え、心を錬り
敵は相手ではなく自分であることを知り
己に勝てる人間になりたい

他人より二倍三倍の努力をし
やらされる三時間よりも自ら進んでやる一時間の価値を知り
最後までやり通し、決して諦めない
根性のバスケットボール選手になりたい

失敗を人のせいにせず
簡単なプレーほど慎重に扱い

同じミスを二度くり返さず
人の気持ちになって物事を考えられる
心豊かなバスケットボール選手になりたい

練習は人生の縮図と悟り
今日できることを明日にのばさず
研究と精進を怠らず
やれと言われたら、すぐ行動する
ファイトあるバスケットボール選手になりたい

我慢の味をよく知っており
物を大切にする温かな心を忘れず
ライバルすら協力したくなるような
たくましいバスケットボール選手になりたい

バスケットボールは人間を錬り
バスケットボールは人間をつくる

皆、目をつぶり、一心に諳《そら》んじる。薄暗い館内にまるで読経《どきょう》のように響き渡る。見ると、皆、昨日までの長髪やスポーツ刈りとは違って、青光りするほどの短い丸刈りにしている。だから余計に読経のイメージが重なる。昨日、高谷中に完膚なきまでに叩きのめされ、重い沈黙の中で一日を終えた東部中部員たち。ガードであり、キャプテンを務める黒崎雄治《くろさきゆうじ》が、コーチの三輪良三に懇願した。

「三輪先生、僕は口惜しいです。自分たちのバスケが全く歯が立たなかったことが。しかも、あの途中から出てきた女子一人に完全にやられました。また一から出直します。ですから、どうかもう一度高谷にリベンジできるチャンスをください。お願いします」

黒崎の後に続いて全員が三輪に頭を下げた。三輪はすぐには答えず、しばらくの沈黙が続いた。

その長い沈黙の後で、

「なぜ負けたのか。いや、なぜ自分たちのバスケが高谷に通用しなかったのか。原因をつきとめることは大事なことだろう。だが、それより、まあ、上には上がいるということを早い時期に教えてもらえただけでも収穫だったじゃないか。女の子が相手だ、どうのこうのなんて関係ないよ。単純に相手のバスケの方が質が高かった。つまり、これまで高谷の方が質の高い取り組みをしてきていたということじゃないかな。いつも言っているように、バスケは習慣のスポーツだ。日頃の取り組みの質だけがゲームの結果を決める。質の高い練習を積み上げてきて、それをゲームの中できちんと実際におこなう。ただそれだけのことだ」

三輪の言い放った静かだが痛烈なその言葉は、東部部員の胸に染みていった。知らず知らず「伝統校」「強豪校の常連」というつくられたイメージに自分たちも胡座《あぐら》をかいていただけだったと、黒崎をはじめとする五十人を超える部員全員が、今回脳天から叩き込まれた。高谷の一撃は、このところ北信越大会出場がやっとというところに甘んじていた「眠れる獅子」黒丸東部中を、本気で目覚めさせるきっかけとなった。

＊　＊　＊

高谷中バスケット部の副顧問井口広志《いぐちひろし》は、ゴールデン・ウイークの練習最終日に久しぶりに練習に参加した。県内の実家にいる祖母が体調を崩して入院したため、急遽帰省し、昨日までの黒丸遠征にも参加しなかった。高谷中は連休初日から泊まりがけで遠征に出かけていたため、連休最後の明日を完全休養日にあててある。だから広志が参加できるのも今日だけだ。

「広志先生、ニュース、ニュース。ついに桃子《ももこ》デビューだよ」

真っ先に少しおどけた口調で話してきたのが、チームのムードメーカー、パワー・フォワードの東山健吾《ひがしやまけんご》だ。健吾はお寺の息子で、最近は法事を手伝ったり、時々お経をあげたりもする。そのせいか、どこかしらませた感じのする中学生だ。ただ、単純に口が達者というわけではなく、ゲーム中に実にうまいタイミングで声を発し、他チームのコーチから、

「うちにも、ああいういい声の出るプレーヤーがほしい」

と評される逸材だった。

「何、それ？」

広志は最初、健吾が言っていることの意味がまるでわからなかった。桃子が何にデビューしたというのか。怪訝そうにする広志に向かって、

「あんなあ、アラジンがファウルしちまったんすよ。女の子を男子のゲームに出しちまったんすよ」

ニチャーとした顔をして、ヌボーッとした語り口で割り込んできたのが、センターのポジションを任せられている長身の堤剛《つつみつよし》。どこかつかみどころがないが、不思議と憎めない。

ちなみに「アラジン」というのは、生徒がよくつかう荒神コーチの渾名だ。ただ「アラジン」というのはたしか「アラビアン・ナイト」の主人公の優男《やさおとこ》だったはずなのに、なぜか皆、そのアラジンと「ランプの精」の大男とをごっちゃにしてしまっている。荒神コーチは間違いなく「ランプの精」の大男の方の風貌なのにだ。

「えっ、桃子がゲームに？」

「しかも、東部戦」

「東部戦って、あの黒丸東部？」

「そう、完封シャット・アウトの立て役者」

「完封シャット・アウトって、いったい？」

剛の言葉は全く要領を得なかった。昨日まで病院にいて電話連絡もできず、今朝は実家から直接高谷村まで戻ってきて、まだ荒神コーチとも会っていなかったから、広志は黒丸遠征の様子など何一つ知らなかったのだ。

＊　＊　＊

今、目の前にある目覚めたばかりの、鏡のように静かなフロアー。朝日が乱反射するその光沢ある木目の床板の上で、一心不乱にフリー・スローの練習をくり返す桃子。彼女はたしかにうまい。もしかしたら、バスケのテクニック的にはチームの誰よりもうまいかもしれない。でも、うまいからといって、女子が男子のゲームに出ることなんて、聞いたことがなかった。だいたいそれはルール上、というか常識的に無理なことだから、広志は今まで考えてみたこともなかった。

「野道が足をやっちまったんで、仕方なくの交代だったたんですよ」

いつも冷静な村松雄一が、珍しく口を挟んでくる。雄一はキャプテンを務めるシューティング・ガードだ。寡黙だが、仲間からの信頼が篤い。そのキャプテン雄一までも話題にするのだから、この一件はもう間違いない事実だろう。

「そりゃ、驚いた」

コートにいる桃子を目で追いつつ、だんだん話の様子がつかめてきた広志は、そう言いながらも、事態をもっと正しく理解するため頭の中を整理しなければと思った。

「全く何を考えているんだか、アラジンは。あんな者出したってチームのために何かなるわけじゃないのに」

そう苦々しい口調で広志につっかかるように話しかけてきたのは、日頃何かと桃子の存在を煙たく感じている皆川駅《みながわえき》。ポジションはスモール・フォワード。祖父から代々電車の運転手を務めてきている家系だから、この名がある。駅のように人が頻繁に行き交うような人間関係を結んでほしいと願ってこの名をつけた、と広志は以前お母さんから聞いた。だが、人間関係づくりはまだまだこれからだという気がする。

「だって、桃子の活躍で、完封シャット・アウトなんだろう?」

駅を少し牽制するように広志は反撃してみる。だが駅は、自分の鼻先をジッと見つめるような表情をしたまま、それ以上は何も言わなかった。


ここまで話を聞いたところで、だいたいの筋は広志にもわかってきた。男子のゲームに女子が参加するというか、紛れ込むなんて普通は考えられないし、前代未聞のことだろう。反面、桃子ならそれもありかなという妙な納得も覚えた。コートの上でフリー・スローの練習をしていた桃子は、今度はゴール下にポジションをとって、ゴールのバック・ボードを使ってのリバウンド・キャッチの練習をし始めた。


全校生徒数がたった三十人余で、女子生徒の多くは小規模でも伝統ある吹奏楽部に傾倒するため、残念ながら女子のバスケ部がない高谷中。女子がスポーツに打ち込むとしたら個人競技を選ぶよりなかった。

そんな中、男子のゲームに出られるはずがないのに、桃子は毎日どうしてこうまでひとりストイックにバスケ部の練習に打ち込めるのだろうか。今まで広志にはそれが不思議だった。単純にバスケというスポーツそのものが好きでたまらないからなのだろう。しかし、実際に練習している時の桃子は、無表情で嬉々とすることもなく、淡々とメニューをこなしている印象が強い。

いったい桃子は何を求めて今の境遇に飛び込み、そしてそれを受け入れているのか謎だった。昨年まではたしか、陸上中距離走と競泳背泳ぎの二刀流の活躍をしていたはずだ。その桃子が兄アキラの卒業を待っていたかのように、バスケ部に入部してきた。一応はチームのマネージャーという登録になっているが、それは決して桃子の本意ではないだろう。

興味がありながらも、桃子との会話で広志は、その肝心の部分に触れることはしてこなかった。桃子とは話さないわけではなかったし、ちょっとした馬鹿っ話さえ交わす仲になっていたが、ことバスケ部入部の話題に関しては触れることをためらわせる何かが横たわっていた。だから、桃子がゲームに出たということも、実際に自分で目にしていないこともあり、広志にはにわかには信じられなかった。

ゴール下で頭上を仰ぎ見ている桃子を眺めながら、桃子の意識に同化しようとして次第にぼんやりし始めていく中で、広志はふと、その桃子投入の原因である大原野道の姿が見えないことに気づいて、ハッとさせられた。いつもなら真っ先にやって来て、遠征のこと、練習ゲームの出来などを夢中で自分に話したがる野道。広志にとってはいちばん話をする機会の多い生徒だけに、彼がいないことが急に気になった。

「野道はどうしたんかな?」

「たぶん医者っすよ」

剛が遠くからそう答えると、広志のすぐ横にいた雄一が、

「あいつ、今回はへこんでると思う」

と独り言のように呟いた。さらに、

「ケガも痛いけど、力の差をまざまざと見せつけられたからな。あいつに」

と言ってゴール下にいる桃子の方へ視線を向けた。

＊　＊　＊

広志は、正式な職員としてではなく一年契約の講師として高谷中に勤め始めた昨年

から、副顧問としてこのチームに合流した。バスケに関して全くの素人である広志には、技術的な指導は無理だった。だから、若さと体力だけを売りにして、できるだけ生徒と共に体を動かしながら、とにかく会話して生徒を理解しようとすることが自分の役割だと、ごく自然に思うようになった。

広志は毎日生徒と共にコートに立ちながら、かつて自分が中学生の時にバスケに興じた日々のことを思い出した。もちろん体育の授業でもバスケを教わった。バスケ・クラスマッチという行事もあったし、休み時間に仲間と遊び交じりで楽しんだ日々もあった。激しく体を動かすのが得意の広志には、バスケは好きなスポーツの一つだった。

中学時代の経験からして、自分よりはるか頭上にあるゴール、しかも他のスポーツに比べて圧倒的に小さい的のようなゴールにシュートが決まった時の快感が、やはり忘れられなかった。しかし、どんなに練習を重ねようと、一〇〇パーセント近くシュートが成功することはない。バスケのシュート成功率は平均で五〇パーセントほどだという統計も体育の授業で耳にしたことがある。だからこそ、難しいがゆえに、うまくいった時の喜びが倍加するのだろうという気が子供ながらにしていた。

シュート成功の快感に比べ、ボールをついて運んでいくドリブルや、味方にパスを通すことへの関心は、遊び程度のバスケでは当然二の次になっていた。それに比べ、今、現在のバスケ部員たちの練習の様子を見ていると、上手にボールを扱う「ハンドリング」の技術や、自分の体を巧みに使って相手を抜いていくボール運びの技術に関して、自分たちの学生時代にはなかった目新しさに満ち溢れていた。

これはアメリカのプロ・バスケットを衛星中継によるリアル・タイムで見られる時代になったからだ。とにかくテクニック的には格段の進歩を見る気がして、目の前でくり広げられるバスケは自分たちの中学時代のバスケとは全く異質なもののように思われる時があった。

広志もバスケ初心者として、生徒と共にハンドリングや左右のバランスを考えた体の動かし方などの「ファンダメンタル・トレーニング」と呼ばれるバスケの素地づくりに挑むのだが、邪心なく練習に打ち込める中学生がみるみる上達していくのに比べ、理が勝ってしまいなかなか上達していかない自分を腹立たしく思うことがしばしばだ。

うまい選手を見ていると、ボールを持ったとたんにそのボールが体の一部になり、攻撃側にとっての「武器」になる感じがする。人に動かされていない時はただの丸い「物」に過ぎないのに、うまい選手の手にかかると、周径七十三センチメートル、重さ五百五十グラムの革製のただの丸いボールが、まるで命を吹き込まれ、自由自在に操られ、次第にボールそのものに意思が宿っていくようだ。

そして、広志に最初にこの「意思あるボール」の実在を感じさせてくれたのが、桃子の兄、小沢アキラだった。アキラのボール・コントロールのテクニックを見ていると、なぜか見ている者にも小気味よいリズムが乗り移ってくるような感覚にさせられた。

こいつは何だか、魔法をかけられているようだな。

広志はそう思いながら、何度もアキラのプレーを眩しい目で見つめた。いや、広志だけでなく、後輩たち全員が憧れと羨望の思いでアキラのプレーを見ていた。と同時に、

（どんなに練習したって、俺がこれからあんなふうにうまくはなれないだろうな）

そんな諦めに似た思いも広志は正直覚えた。また、もっと早くバスケに出逢ってい

たらなあという寂しさに似た思いを感じることもあった。大袈裟な話、この違和感を、自分の中学生時代との「文化の差」なのだとさえ感じていた。

そんな、バスケに一歩引き気味な立場にいる広志に対して、どこか相通じるものを感じてか、自分から声をかけ、相談をもちかけてくることが最も多い生徒が大原野道だった。野道は努力家だが、センスにはあまり恵まれていない。バスケ素人の広志にもそれはわかった。

それに、野道本人のセンスの問題だけでなく、偉大なガードの前任者アキラの存在の大きさが彼を苦しめた。

アキラの学年にはバスケ部員はアキラ以外おらず、去年はたった一人の三年生の彼がチームを引っ張った。アキラのバスケセンスは抜群で、すでに一年生の時から県の選抜チームにも選ばれるほどだったが、二年生主体の若いチームをたった一人の三年生として県大会まで導いたリーダー・シップは、評価をさらに不動のものにした。

その偉大な実力者アキラ先輩の後釜に座ったがゆえ、野道は比較され、才能に恵まれていないという決定的な見方をされた。だがしかし、根っから誠実な性分で、その真面目すぎるほど真面目な練習態度にやがてチームの誰もが一目置くようになった。だから苦労の末、ガードという要《かなめ》のポジションも手にできた。が、ポジションを獲得できたとて、センスの問題はやはりついて回り、アキラという才能に引っ張られていたメンバーからすれば「アキラ基準」が染みついていたため、供給されるパスに大きな差を感じ、ついつい物足りなさを覚えてしまった。

そんな悩み深い野道について、広志には忘れられない出来事が一つあった。

ある日の練習後、野道が元気のない調子で話し始めたのだ。

「広志先生、もう来年は高谷村も高中もなくなるんだよ」

広志は思わず沈黙した。野道は間をおき、さらに続けた。

「広志先生、どうしてこの村が合併しなきゃならなくなったか知ってる？」

答えられず、広志はじっと野道を見つめたが、珍しく熱い口調の野道に次第に圧倒されていった。

「たった一瞬なんだよ。たった一瞬の出来事が、村の運命を変えたんだ」

広志はゴクリと唾を呑む。

「この村は果物や農産物、それに茸などの山の恵みに潤された豊かな村だったんだ。

経済的に恵まれてたから、人の心も豊かだった。教育にはとくにお金をかけてくれてたんだ。でも、ある年の初夏のある日の午後、突然この村に大粒の雹《ひょう》が降ったんだ。果樹や農作物は全滅。しかも、被害はその年だけじゃ済まなくて、それから何年間も元通りに栽培できないという大きな痛手を負ったんだ。神様の怒りを受けるようなことをこの村は何かやったんだろうか。みんな一生懸命働く村なのに」

野道は一気にそう話してしまうと、そのまま首をうなだれ、石のように固まってしまった。野道がたった一度だけ広志だけに見せた激情だった。野道がしばらくの間、肩を細かく震わせながら嗚咽しているのを広志はじっと見守った。見守るよりなかった。

ちょうど野道との印象深い過去を思い出していたその時だ。

「おはよーす」

体育館の入り口の鉄の扉が重々しく開いて、濃い口髭とあご髭をたくわえたツルツル頭の大入道が、ギョロッとした目をいつものように覗かせた。

「気をつけ。お願いしまーす」

「お願いしまーす」

体育館のあちこちで、桃子のかけ声に呼応して弾かれたような挨拶が起こる。これはたまたま入り口のいちばん近くにいて入館者の存在に気づいた者が全体に声をかけるのであって、今朝はたまたま桃子がそこにいたまでのことで、マネージャーとしての役割ではなかった。

バスケ部員は、入館者があるとまるで条件反射のように練習を止めて全員で挨拶をした。それが教師であれ保護者であれ業者の人、誰であってもだ。最初は何だか軍隊のような雰囲気で広志は嫌だったが、そんなこだわりは、荒神を知り、生徒たちを知り、そして何よりバスケットを知っていくにつれて、いつの間にかかき消されていた。

人との出逢いを大切にし、人との関係づくりをおろそかにしない荒神の姿勢が生徒たちにもごく自然に浸透してきているのだと思えてきたからだ。

いつものことだが、荒神が体育館のフロアーに姿を見せると、急に雰囲気が明るくなり、まるで太陽が顔を見せた感じだ。広志は黒いTシャツに薄いグレーの半ズボン姿のその荒神のもとに駆け足で行き、一つ目礼をして、

「おはようございます。昨日まですみませんでした」

と声をかけた。

「で、ばあちゃん、どうだった？」

荒神は、そのギョロ目をさらに大きく見開き、口髭を捻りながら、何はさておきという感じに祖母の容態を至極真顔で尋ねてくる。

「ええ、おかげさまで、丸一日休んで点滴を打ってもらったら退院できました。ちょっと疲れがたまったみたいで」

荒神は心から案じて、広志の顔を覗き込むようにしながら、今度はあご髭をさすりさすり、しきりに相槌を打っていたが、報告を聞き、安堵の色がホッと目に浮かんだ。

「そうかい、そりゃ、大したことなくてよかったな」

「すみません。大会前の大事な遠征だったのに参加できないで」

「何言っとるの。バスケよりばあちゃんでしょ。部活より家族のことだよ。スポーツより人が大事なんだよ」

これまでこの人のこのような言葉を何度耳にし、そして救われた気持ちになったことだろう。人一倍バスケが好きで、人生も生活も全てバスケに捧げている荒神。でも、そのバスケを差し置いてでも大切にするのが、人の不安や苦しみを思いやる心だった。

今回の広志の帰省も、荒神が強く勧めるのにしたがってのものだった。勧めがなかったら、広志は無理を押してでも黒丸遠征に同行していた。とにかく毎日会うこの禿頭の大入道が、広志の今の生活の心の拠りどころになっていた。

＊　＊　＊

荒神コーチは、社会人コーチとしてもう二十年近くも高谷中に関わっている。本業は、調理師。村の高齢者デイサービス・センターの昼食と、デイ・サービスに来ようとしない、あるいは来たくても来られないお年寄りに向けてのお弁当の調理を村から委託されている。平日、早朝四時には近くの結田《ゆいだ》市の生鮮市場に仕入れに出かける。そして戻ると早速仕込みをおこない、一段落ついたところで中学校の朝練習にやって来る。

七時からきっちり一時間、フットワーク・メニューから始まる「ファンダメンタル・トレーニング」と呼ばれる基礎練習が組まれている。

高谷村近辺にはミニ・バスケットがないから、筋金入りのバスケ素人が中学校に入ってから本格的にバスケを始める。技術も身についていないが、変な癖もついていない。この一時間の基礎練習の積み重ねのおかげで、メンバーはバスケ選手らしき動きを次第に身につけていく。例えば、利き手とは逆の手のドリブル。これができないと、ゴールに向かう際の動きも半分に狭められてしまう。相手にとってみればディフェンスしやすい対象となってしまう。両手である程度同じようにボール・コントロールできるようになる必要がある。こんな基礎中の基礎の練習から高谷のメンバーは荒神の指導を受ける。

そして、朝の練習が終わるやいなや、荒神はデイサービス・センターの調理場で、スタッフの分も含め七十食を超えるお昼の用意をする仕事に入る。基本メニューは管理栄養士が立てる。しかし、そこに、許される範囲でお年寄り好みの味付けや色付けをおこなうのは荒神のセンスだ。デイ・サービスに通って来る約三十人のお年寄りについては、その場で温かいものを提供できるが、オプションで、というよりはむしろこちらの方が自分の使命だと荒神が感じているように思われる宅配弁当については、保温や持ち運びに倍も三倍も工夫が求められ、デリケートな対応を迫られる。

デイの配膳をほぼ終えると、荒神は愛用のジープでお年寄りの家を一軒一軒回ってお弁当を配る。二十軒近くを回り、昨日の食器を回収し終わって戻って来る頃には、昼食時間はとうに終わり、荒神はそそくさと遅い昼食をかき込んで、器の洗浄や、翌日の献立の仕込みに入る。そして、ようやくお年寄りを見送る頃には、日は山の端に隠れようとしている。

この後、栄養士や他の調理員たちとのミーティングを終え、五時半からの約一時間半の夕方練習へと大急ぎで移動する。そして、朝とは違う実戦練習を主体にバスケ部員たちの相手を終えて帰り、さらに自分の店の仕事を終える十時を過ぎ、やっと一息つくのだった。

もちろんデイ・サービスのない週末の昼間は、高谷中チームを引き連れて対外遠征へと出かける。調理師とバスケ・コーチのどちらが本業かと問われれば、きっとどちらも本業だと荒神は答えるだろう。収入という点では「本職」は自ずと知れるが、では、

「荒さんのバスケはボランティアなんだ」

とは誰も口が裂けても言えない。荒神の本気度はどちらも同じ。どちらが欠けても、きっと彼の心のバランスは保てないのだろう。荒神の生活は、およそこのような、まさに寸暇を惜しんだ生活だ。こういった生活を荒神はもう十年以上も続けている。

＊＊＊

「野道は大丈夫ですか。ケガの方」

　広志が言葉をつなぐと、荒神は少し目元を緩めて、

「うん、骨は大丈夫。捻挫だと思うが、今朝はたぶん整骨院に寄って来ると思う。連休でも、子供の場合は先生診てくれるはずだから」

「そうですか。それならいいけど。何かダメージが大きかったって聞いたから」

「桃子のことかい」

「はい」

「何で桃子を出したんだ？って顔に書いてあるね」

　広志は自分の心の内を見透かされている感じがして、胸がドキドキしてきた。

「毎日真面目にコツコツと努力している者は、晴れの舞台に立つチャンスをもらえる権利があるってことじゃないかね」

　謎かけのようにそう言ってから、荒神は広志をじっと見つめた。その後一度じっと天井を仰いで自分の気持ちを納得させるようにして、今度は近くにいた雄一に、

「キャプテン、ちょっと集合」

と囁いた。広志には荒神の言葉の真意がよくわからなかった。荒神の声を受けた雄一の、

「しゅう・ごーう」

の声が、目覚めかけていた体育館に大きく谺して、広志はもどかしいままに次の行動を急かされた。


「おはようございまーす」

「おはようございます。昨日までの遠征、ご苦労様。そいじゃ、みんな心配しているから、まずは広志先生からの大事な報告」

気持ちの整理が十分にはできないままだったが、広志は応えざるを得なかった。

「おはようございます。みんな、お疲れ様でした。私事で遠征に行けないで、ほんとうにすみませんでした。ご迷惑おかけしました。おかげさまでうちのばあちゃん、大したことなく退院できました」

「わー、そりゃ、よかった」

「イェーイ」

期せずして生徒たちから歓声と拍手が起こった。荒神コーチは、こういうこと、つまり本人や身内の病気やケガなど、人として今最も大切にすべき関心事にまず心を寄せる。そして、人に関心をもつこと、人に心を寄せることの大切さを常々身をもって教える。

「まあ、何はともあれ、心配なことがなくてよかったと思う。それじゃ、今日はアップの前にミーティング。遠征のビデオ編集してあるから、すぐ見よう。桃子さん、用意頼む」

ビデオによるゲーム分析は高谷中バスケ部の習慣となっていた。それも、ただ録画した元テープを垂れ流しのようにかけるのではなく、きちんと視点を決め、チームとしての課題・個人としての課題が明らかになるように編集してあった。ミーティングはダラダラしたくないから、メリハリをつける意味もあって短時間のものに編集される。

そして、広志がいつも感心するのは、選手たちがビデオを見ると、自分たちの成長している点が明らかになり、次のステップへ進みたいという意欲が自然に湧くようなをつくりになっていることだった。もちろん克服されていない課題の確認のビデオもないわけではなかったが、基本は自分の成長を自分の目で確かめることにポイントが置かれてあった。

おそらくこの十五分間ほどのビデオに編集するのにも、相当な時間を要したに違いない。遠征に交代で帯同する保護者が撮ってくれた一日がかりの元ビデオを一通り見てから、選手の向上のためになるようにつくり上げることは並大抵の労力ではないと思う。もちろん調理師という本業のある身だから、これを編集するのには寝る間を削るしかなかったのではないか。実際徹夜も辞さないでやっていると以前に聞いたことがあった。

また、荒神は、メンバー六人全員一人ひとりと「部活ノート」と呼ばれる交換ノートのやりとりをしている。メンバーにとってこのノートは、まさに「宝物」で、簡単に見せてもらうことはできないが、一度だけ頼んでチラッと見せてもらった時、ていねいな字でビッシリとコメントしてあるその中身に驚かされた。

例えば野道なら、ガードのポジションとしての心得やトレーニング上の留意点が事細かにアドバイスされている。このノート一つとって見ても、荒神が一人ひとりに寄り添った関わり方をしていることが手に取るようにわかった。これならメンバーは信頼するはずだ。荒神が単にスポーツとしてバスケを教えているのではなく、メンバーに人と人との付き合い方を本気で伝えているということが、広志には窺い知れた。

いったいこのように荒神コーチを突き動かしているものは何なのか。コーチのバスケに対する強い情熱、部員たちに対する熱い思いというものは出逢った一年前からいつも感じられるのだが、その正体がいったい何であるのか、何に由来するのかは、広志にはまだよくわからないでいた。

でも、それでよかった。その理由を知ることより、とにかく今は荒神コーチと一緒に同じ時間を過ごせさえすれば自分にとっては幸せなのだ、と広志は強く思っていた。

ビデオは、主に高谷がリバウンド、つまりシュートのこぼれ球の奪い合いに果敢に挑み、それを制している場面がくり返し編集されてあった。また、粘り強いディフェンスから相手のボールをスティールするシーンもいくつか見られた。この場面を見ただけで、今回の遠征では収穫が多かったと理解できた。なぜなら、リバウンドの支配と、フットワークを駆使し相手にプレッシャーをかける粘り強いディフェンスの二つは、荒神が常日頃練習の中で口を酸っぱくしてメンバーたちに伝えていることだからだ。

しかし、桃子が東部相手にプレーしている場面は、結局一度も登場しなかった。怪訝に思う広志の胸の内をあえて無視するかのように、

「リバウンド、良くなってるなあ。あとは指先感覚。リバウンドは力任せじゃだめ。さあ、確認だ。何が大事？」

荒神がメンバーの顔を見渡しながら、肘のところで曲げて軽く挙げた右手の指を一本一本折りながら問いかけている。

「スクリーン・アウト」

「そう、それから？」

「もぎ取り感覚」

「そうそう、それから？」

「連携」

「そう、その通り。君たち、よくわかってるぞ」

「バスケは？」

「リバウンド」

「しかも?」

「連携リバウンド」

荒神コーチとメンバーたちのこの寺子屋問答のようなやりとりを、何度耳にしてきたことか。

少年時代は典型的な野球小僧でバスケ素人の広志にしてみると、バスケは何よりシュートのかっこよさのスポーツかと思っていた。しかし、単なる遊びではないスポーツとしてのバスケの世界に足を踏み入れてみると、他のスポーツにない高さという要素が大きいスポーツであるだけに、空中戦のこぼれ球をどう奪い取るか、つまりリバウンド合戦が勝利の行方を大きく左右するということが次第にわかってきた。

「リバウンドを制すはゲームを制す」

バスケの世界では言い古された格言のようだが、荒神に教えられ、ゲームでそれを実行しているメンバーを目にしていると、ほんとうにバスケのゲームはリバウンドの支配で勝負が決まるということが、ベンチでゲームを見守る広志にも身に染みてきていた。

そういえば、さっき一人でゴール下に陣取り、リバウンド・キャッチの練習をくり返していた桃子が、意識して「スクリーン・アウト」という腰を低くして相手を背負うようにブロックする動作をくり返し、またさかんに肘から指先までの部分の動かし方を意識しながら、空中にあるボールをもぎ取るように掻き取るように自分の方に寄せる動作をくり返している姿が、鮮やかに思い起こされた。

荒神の練習は、メニューを分単位でつくり、それを体育館の壁に掲示して、キャプテンの雄一が皆に指示を出しておこなう形をとっていた。そして、実際のゲームで使われるデジタル・タイマーによって練習時間を管理することに決めてあった。

「バスケは時間を学ぶスポーツだ」

と荒神はよく言った。たしかに「秒」とか「分」といった短い時間の単位が、バスケのゲームのようにこれほどまでに重い意味をもつことなど、日常生活ではほとんどない。しかし、バスケでは残りたったの一秒で勝負が決することなど実によくあった。攻撃する側は五秒のうちにスロー・インを入れなければ、あるいは二十四秒以内にシュートを放たなければ攻撃権は相手に移ってしまう。そんな「オーバー・タイム」のルールが多いのもバスケというスポーツだ。

だからこそ、緊迫感が生まれる。だからこそスピード感とスリルが溢れ、引き込まれる。最初はやたらと時間の拘束の多さに閉口した広志だったが、バスケのゲームに触れれば触れるほどに、この時間の制約のもたらす独特の雰囲気がバスケの魅力の源の一つだ、と思うようになってきていた。


今日の練習は、黒丸遠征で明らかになった一人ひとりの課題の把握とその克服のために時間が割かれた。いつも集まってくるOBや学校の職員も連休のために参加しないこともあり、またハードなスケジュールだった遠征のクール・ダウンの意味もあったから、通常のフットワーク練習の後は個人練習がメインとなった。

各自のテーマに沿った個人練習は、いつもの分単位の時間管理はなく、心ゆくまでたっぷり時間をかけられるよう配慮されていた。その中で、フリー・スローをとことん練習する者、スリーポイント・シュートの練習をくり返しおこなう者、ゴール下でターンの練習に励む者とそれぞれが自分の必要に応じて取り組む姿が見られた。

桃子は体育館フロアーに隣接するミーティング・ルームに移動させたビデオ・テレ

ビと、ゲームでのデータを集計してあるパソコンの画面を頻繁に見に行っては、何かブツブツと独り言を呟きながらオール・コートを使ってのボール運びをくり返し、最後は打つ位置と角度を変えてのスリーポイント・シュートの練習をおこなった。どこから放っても桃子のシュートのことごとくがゴールに吸い込まれていく。惚れ惚れするような正確さだ。呆気にとられるようにその見事なシュートの連続を眺めながら、広志は遠征で黒丸東部中を翻弄したという桃子のプレーぶりを想像して、いちいち頷いていた。

結局、練習終了の正午まで待っても、野道は顔を見せなかった。メンバーは皆、口にこそ出しはしないが、野道の不在が気になってならない。何しろ、入学以来野道が練習を休むなんて一度もなかったからだ。

「コーチ、野道のことなんですが」

広志が話しかけると、荒神は帰り支度をしながら、

「ああ、これからちょっと様子を見に行って来ようと思ってる」

と答えるので、

「あの、今日は僕に行かせてくれませんか。コーチ、お仕事忙しいでしょ。僕にも何か一つ役割をください」

そう言うと、荒神は目を真ん丸に見開いて広志をジッと見つめ、その後、目元を緩めて、

「そうかわかった。じゃあ広志さんに任せた。野道を頼むよ。今夜、店に来るだろ？ そん時に報告してよ」

と、口元に柔和な笑みを浮かべながら言ってくれた。

＊　＊　＊

広志が車で、咲き初めの薄紫色の花房が風に揺れる藤棚の横の石造りの校門を出ようとし、いったん停止したその時、運転席に横から近づく影があった。小沢桃子だ。

「広志先生、野道んとこ行くんでしょ。乗せてってください」

桃子が広志にものを頼んでくるのは、これが初めてのことだった。たいていは何でも自力でやってしまうから、何かを自分の方から人に頼む桃子の姿は目にしたことがない。

運転席の窓を至近距離で覗き込むその表情がやけに真剣で、広志は思わずドキリとした。そして、その大きな目の潤んだ黒い瞳の奥には、有無を言わせぬ強い意志の力が感じられた。その強さに押されるように、つい、

「いいよ。乗りなよ」

と答えてしまった。

「お願いしまーす」

と声高に言いながら、桃子はドアをいやに慎ましく開けて、お淑やかな素振りで乗り込んできた。一瞬、何とも言えぬいい香りが漂った。制汗料の人工的な香りではなく、野に咲く花の香りに似ていた。

「エナメル、後ろの席に置きなよ」

広志は恐縮して膝に大きなスポーツ・バッグを抱えている桃子に言った。

「ありがとうございます。車ん中、意外に広いね」

と言いながら、上体を大きく捻ってバッグを後部座席に置いた。その時、再び野の花の香りが漂った。

「家、わかる?」

「ああ、だいたい見当はつくよ」

発進すると、しばらく沈黙が続いた。


「ゲームに出たんだってね」

広志は何かを振り切るようにその話題を切り出した。すると桃子は、

「うん、出た」

と事もなげに答える。

「で、どうだった？」

「うん？　まあ、楽しかったよ」

一瞬横目で見ると、桃子はただじっとまっすぐ前を見つめている。

「そうか、楽しかったか。大活躍だったようじゃん。東部を完封シャット・アウトしたって言うし」

「ていうか、チームの可能性を感じたんだよね。まだのびしろがけっこうあるって」

「のびしろ？」

「そう。ちゃんとやればできるって」

「ちゃんとやればって？」

「ガード」

「ガード？　野道？」

「そう。ガードがしっかりやれば引き出せるチームだ。ボクだってそれができたんだから」

「ボク？」

「そう、ボク」

桃子が自分のことを「ボク」と言うのは広志も耳にしていた。ただ、一対一の会話の中で正面切って言われると、桃子が何かに対して挑んでいるような、不思議な存在に思えてならなかった。

「あっ、そこ、そっちの方が近道」

桃子の声の勢いに反応して、思わずハンドルを左に切る。

「桃子んちはどこだったたっけ？」

「ボクんちは中の段。野道んちは上の段。しかもかなり上の方だよ」

しばらく初めて通る道沿いの光景に気をとられる。新緑が目に眩しかった。道すがらの果樹の青葉若葉ももちろんだが、上に行くにつれて近づく山々の若葉緑が、背景にある雲一つない青空と呼応して、網膜に強烈な色彩を刻んだ。痛みさえ覚えるほどのその新緑の鮮烈さに広志は圧倒されていた。


突然、桃子が切り出した。

「ね、広志先生、彼女いるの？」

ぷっと吹きそうになって思わずブレーキを踏む。

「あっ動揺してる。いるんだ、やっぱり」

「ど、動揺はしてないけど。まあ、せ、正確に言うと、今はいない。去年まではいたけどね」

何だか誘導されたように余分なことまで話してしまう。

「そう、振られたのね」

急にドギマギしてきた。

（何だかこいつはカンが鋭いなあ）

広志は胸の内でそう思った。

「あっ、そこで合流」

見ると幹線道路がそこを走っていた。この道は広志も何度か通ったことがある道だ。

「ボク、実は広志先生の話で感心したことがあるんだ」

桃子が急に真顔になって言う。

「いつかのミーティングの時、広志先生、こう言ったことを覚えてる？」

「えっ、何だっけ？」

「それはね、裏の攻撃のことを考えちゃだめだってこと」

広志にもすぐにピンときた。

野球少年だった頃、少年野球のある試合で経験したことだ。投手戦で白熱した好ゲーム。しかし、チームは先制されていた。守備位置につきながら、広志は早くこの回の守備を終えて得点をあげなければ、と次の回の攻撃のことばかりを考えていた。すると、バッターの放った打球が広志のところに飛んで来て、広志は凡ミスのエラーをし、手痛い追加点を与えてしまったのだ。結局この失点が命取りになり、反撃も空しく勝負に負けた。

大袈裟でなく、この試合から後、広志は次のことを考えるより、今目の前にしていることに絶対に集中することを何より大切に考えるようになった。バスケと野球とでは状況が違うことが多いが、とにかく目の前の課題を見つめることをおろそかにしない姿勢についてメンバーにも話して聞かせた。桃子はそれを覚えてくれていた。

「ボクも、今目の前にしていることがほんとうに大切なんだと思う」

桃子が自分の話したことをこれほど大事に受け止めていてくれたことが、広志は正直嬉しくてならなかった。自分の経験談も生徒に響くんだ、と初めて実感できた。だが、その時、

「もうすぐ着くよ」

という桃子の声に、ハッと我に返った。


野道の家は広い農園に囲まれていた。高谷村は、結田川が長い年月をかけて削り取った段丘地形で、河岸の平坦地はそう広くはなく、実は上に行けば行くほど広大な土地が広がっている。野道の家はその最上段の日当たりのよい場所にあって、リンゴや梨など様々な果樹を栽培する農家だった。

道々目にしてきたリンゴの木々は、最初薄紅色の蕾の色が淡く残る紅白模様の小さ

な花をつけていたが、つい一週間ほど前はまるで純白の雪が積もったかのように、あるいはウェディング・ドレスを着たかのように絢爛となった。しかし、その時は存在自体が判然としていなかった中心花だけが、今日は枝々に一つか二つ残されて微風に揺れている。

正午の陽光の中で、まるでかしこまったようなその清純さが輝いて見える。わずかに残されたこの可憐な風情は、やがて「中心花」の名の通りたくましさと威厳を備えていき、今度は「中心果」と呼ばれる黄緑色の小さな果実となる。そしてしばらくは、周りの若葉の色彩の中に取り込まれるように埋もれてしまい、いったんはその存在を見つけることが難しくなる。

だから、今だけのこの風に揺れる心細い姿こそが、逆にまるでこれから成長していく覚悟を決めたかのように健気に映り、愛しさを誘う。ちょうどこの時期、リンゴの花摘みは佳境を迎え、家人は皆、まだ摘まれず花が残っている奥の果樹園の方へ出払っているのかもしれない。

今年は春先に初夏のような陽気が訪れ、様々な花たちが競って咲き出した。だが、四月になって真冬の寒さが戻り、十分に咲き誇る前に中途半端に盛りを過ぎてしまった。いっぺんに我先にと開いてはみたものの、耐えられない寒さに泣く泣く矛を収めるしかなかった花々の無念さが、いつまでも残っているようだった。

昇れるだけ昇らせておいて、急に梯子段を取り去ってしまうような仕打ちに、広志はちょっとした憤りを感じた。しかし、自然とはこういう側面もあるのだ。農作業をしながらよく祖母に聞かされたことだ。

野道の家の農園の一画にある葡萄棚にふと目をやると、焦げ茶色の枝がまだ堅い鎧で身を包みながらも、そこかしこに可憐なルビー色の芽を見せ始めている。ルビー色の若芽の根元には、ごくわずかに淡い黄緑色が見え隠れし、次の季節の到来を予想させる。

「それでも必ず春は来る」

かつての遅い春の年に、祖母がしきりと念じていた言葉が脳裏に蘇った。


「こんにちはー」

広志が玄関で声をかけてみる。桃子は黙って広志の後ろに隠れるように立つ。返事はない。もう一度、

「こんにちはー」

と呼びかける。すると、目の前にある母屋ではなくて少し離れたところにある倉庫のような建物から物音がして、

「はい、はい、はい」

と軽やかにリズムをとるように答える声がする。まもなく建物の引き戸が中から開いて、日に焼けた麦わら帽子を被った小柄なおじいさんが顔を見せた。

あっ、似てる似てる、野道のじいちゃんだ
広志は咄嗟にそう思って、

「中学校の井口と言います。いつもバスケットの部活でお世話になってます。あの、野道君いますかね」

と尋ねる。おじいさんは日焼けした顔いっぱいに柔和な笑みを浮かべて、

「おう、おう、中学校の先生で。いつも孫が世話になっとります。おっ、あんたは、小沢さんとこの桃ちゃん。しばらく見んうちにえらいべっぴんさんになって」

「えー、やだ、おじいちゃん。べっぴんさんだなんて」

と桃子は顔を真っ赤にして、はにかんだ笑顔で答える。

「そうか、そうか。よく訪ねてくださったな。えーと、野道は、さっきまでそこらにおったんだが。何しろ、足をケガしたとか言ってな。今日は練習には行かんとか珍しいこと言い出してな。きっと裏の東屋《あずまや》にでもおると思うが。ちょっと呼んで来るでな」

と言うと、おじいさんは、

「おーい、野道や。お前にお客さんだぞー」

と言いながら建物の裏手に向かって歩いて行ってしまった。おじいさんの遠ざかる声の様子からして、東屋はちょっと離れたところにあるらしい。

「なんか、優しそうなおじいさんだな」

広志がふと独り言のように言うと、

「うん、すっごく優しいよ。うちのおじいちゃんと大の仲良しなんだよ」

と桃子が輝く目をしながら口を挟んでくる。

「広志先生、ボクたちも行ってみようよ」

二人はおじいさんの後を追って建物の裏手へと向かう。そこは思った以上に広い空き地になっていて、十メートルほど離れたところに木製の東屋が造られていて、その下に置かれたテーブルにおじいさんと野道の姿が見えた。

「よっ、野道。どうだい足は？」

と広志がいきなり声をかけると、野道は弾かれたように立ち上がって、その場を逃げ出そうとした。

「待って」

今度は桃子が叫ぶように声をかける。ちらりとこちらを振り返った野道は、そこに見てはいけないものを見たかのようにしばらく凍りついた後、さらに勢いをつけて逃げ出そうとする。その腕をおじいさんが掴んで、

「これこれ、ケガ人はまだ動いちゃだめだ」

と野道の顔を覗き込むように言い聞かせている。

広志と桃子は東屋の下にそっと近寄る。野道はおじいさんの腕の中で必死に顔を背け、逃れようともがいている。

「う、何だこの臭いは」

一足先に野道の肩に手を置こうとした広志が顔をしかめる。何とも言えぬ異臭がし

たからだ。

「だから、人に会いたくなかったんだよ」

「なーんだ、マムシ使ったんだ？」

一歩近づいた桃子が事もなげに言う。

「マムシ様、知ってるんだ」

「知ってるも何も。うちの兄貴なんてしょっちゅう世話になってた。じいちゃんが十年物だなんて言ってた。ボクは、もちろん使わないけどね」

「えっ、アキラ先輩も？」

そう言った瞬間だけ、野道は少しうっとりと微笑むような表情になった。が、すぐにまた逃げ出そうとする。

「何で逃げようとする」

「だって、臭いも。人に嫌がられる」

「マムシ様は臭いに決まっとる。臭いから効くんだ。何たってマムシ様の強い生命力が溶け出しとるんだから」

おじいさんはいい具合に日に焼けてテカテカ光る自分の顔を両掌でゴシゴシこする

ようにしながら、少し目を細めて野道の足首に巻かれた白い布を見る。

「マムシ、ですか？　あの猛毒の？　蛇の？」

「そうさな。マムシ様。捕まえたマムシ様を生きたまま水につけてな。体中の汚れを抜いた後、今度は焼酎に漬け込む。ほーんと強いマムシ様は、この段階になってもなかなか往生しないがな。そのマムシ酒を何年も寝かしておくと、強い薬になるんじゃよ。捻挫なんど、あっと言う間に良くなる。十年物ならとくにな」

「あっ、それで野道は足首に巻いて冷やしてるんだ」

「今まで嫌がって、マムシ様にゃ目もくれなかったがの。夕べ帰って俺んとこ来て、『じいちゃん、俺一刻も早く足治したい』と言い出してな。『臭いぞ、いいか』と聞いたら、『うん』と覚悟したみたいに言うんだ。それじゃーつって、俺んとこの極上のやつを出してやった」

「じいちゃんのおしゃべり。そんなこと人にべらべら話さなくったっていい」

そう言うなり、野道はプイと大袈裟に顔を背けてしまった。

「そっか、野道、本気になったんだ。だからマムシ使ったんだ」

桃子のその言葉に、野道が荒い呼吸をしながらも、黙ったまま背中で頷いている。

「広志先生、野道、本気になったんだ。大丈夫だよもう。ね、野道」

そう続ける桃子に背中のまま、

「もう、一人にしてくれよ。休み明けからはちゃんと練習に出るから」

とうるさそうに言う。

「これこれ、野道。桃ちゃん、お前のケガのこと心配して来てくれたんだぞ。そんな言い方あるか。先生もわざわざ来てくださったに」

「わかってるよ。あ・り・が・と・う」

相変わらず背中を向けたまま、野道はだんだん消え入るような声で言う。そんなやりとりを見ていた桃子が、おじいさんの方を向き、唇に右手の人差し指を立て、「シーッ」と言うようにしながら軽くウインクして、

「おじいちゃん、広志先生、ここはボクに任せて。野道と二人で話したいから」

と言い出した。すると野道が、いきなり後ろを振り返り、

「えっ、二人で。そんな、やだよ」

と言って、慌てて立ち上がろうとする。おじいさんがそれを制して、

「よし、桃ちゃんに任せた。この根性なしにちょっと説教してやってくれ」

と今度はおじいさんが桃子の方にウインクして見せた。野道は首のところまで真っ赤になりながら、ぶるぶると震えている。

「なっ、先生、ここは桃ちゃんに任せて、わしらはちょっと茶でも飲んできましょうや。何なら冷えたビールもあるぞい」

とおじいさんはいたずらっぽく誘った。一瞬、ポカーンとした気分にさせられたが、東屋に二人を残し、立ち上がったおじいさんの後に広志は従った。

その時、眼前にある建物の壁にくっ付けられた手作りのバスケット・ゴールが、突然目に飛び込んできた。コンパネに白いペンキを塗り、黒い枠もペンキで手塗りしてある、ちょっと歪んで見えるバック・ボードだった。オレンジ色のゴール・リングは、ところどころ茶色の錆が浮き、絡みついているネットはまるで雑巾のようにボロボロだった。

そのゴールから手前に向かってずっと視線を下ろしてみると、地面にフリースローー・ラインとおぼしき線が引いてあり、それが無数の足跡で消えかけていた。目をつぶると、そこでフリー・スローの練習をする野道の姿が鮮やかに浮かび上がってきた。

人知れぬ努力か？

広志はひとり黙々とゴールに向かう野道の姿を思い浮かべていた。

「俺、アキラ先輩みたいにセンスないから、とにかく練習するっきゃないんだよね。人の倍も三倍も打たなきゃ」

体育館の練習でも、時間さえあれば自主練習に励んでいる野道がいつか呟いた言葉だった。

家でもさらにやってたんだ。ほんとにバスケ小僧だな
広志の中に一瞬熱いものがこみ上げてきた。

ふと東屋を振り返ると、まだ背を向けたまま首をうなだれている野道の姿があり、ちょうどこちらを向いて笑顔を見せた桃子が野道のすぐ横にある椅子に腰を下ろすところだった。

山村に吹く五月の風はまだ少し冷たさを含んでいたが、どこかに甘い果実の匂いを宿しながら、二人の傍を心地よく過《よぎ》っていくようだった。

＊　＊　＊

桃子の去った体育館のフロアーのセンター・サークルに、四人の男子が車座になっ

て座っていた。

「俺、今度の遠征でよくわかったんだ」

「わかったって、何が？」

「まず一つには、俺たちには可能性があるってこと」

「とりあえず東部に勝ったからか」

「それもある。俺たちのプレーは、一応は通用したからな」

「だが、俺は楽しい気はしなかった。勝ちはしたけれどな」

「あれじゃ、全く去年のままだ。アキラ先輩に引っ張られていた頃の俺たちと何ら変わらない。兄貴が妹に代わっただけのことだ」

「もっと俺たちのバスケがやりたい」

「俺たちのバスケって？」

「俺たちのバスケは俺たちのバスケだよ」

「野道をひっぱたく？」

「違う。野道はよくやってる」

「問題は野道じゃない。いつまでもガード任せにしてるのじゃダメだってことだ」

「ガード任せがダメだって？　だってゲームはガードが組み立てる」

「いつまでもその発想がダメなんだ。ガード頼みだから俺たちはうまくなれない」

「そうだ。俺たちがミートしていなかったのがいけないんだ」

「ミートするって？」

「俺たち自身がもっとバスケのこと、ゲームのことを知ってれば、逆に野道をもっと楽にさせられるはずだ。ガードの、野道のせいばかりにしていて、自分たちからちっともパスをもらいに行かなかったのがいけないんだ。俺は東部とのゲームでそのことを思い知ったさ。操られることの不自然さっていうか、物足りなさっていうかね」

「俺も。たしかに桃子の出すパスはぴったりフィットした。楽だった。気持ちよくプレーできたさ。でも、何かこれ違うよなって感じながらやってた。うまいのはうまいって素直に認める。女子だからって差別しない。あいつはたしかにうまい。でも、俺自身に自分のアイデアってのが、まるで必要なかった。やってて、これでいいんだろうかって、やっぱり思ったな」

「東部の連中、すごく怒ってた。女子にやられたことが耐えられなかったんだろうな。でも、それって、俺たちだって一緒じゃんか。女子にやられっぱは東部の連中だけじゃないぜ」

その3　あらじん

その夜、広志は、村役場のすぐ近くにある「食堂あらじん」に向かった。空き家になった普通の民家をそのまま店舗に改造したため、飲食店としては入り口が狭く、緋色の暖簾が辛うじて食堂らしき雰囲気を出している。だが、中に入ってみると、店内は広々としていて、今夜はまた驚くほどたくさんの客が来店しているようで、奥の部屋からも二階からもさかんに歓声や嬌声が聞こえてきた。カウンター越しに広志が調理場の中を覗き込むと、忙しく立ち働いている荒神とちょうど目が合った。

「よっ、いらっしゃい。待ってたよ」

「こんばんは。忙しそうですね」

「昨日、おとといと遠征で休みもらったからね。そいで明日は練習オフだから、今夜はちょいとばかり稼がせてもらわないと。実際、今日は、この日を待って、いくつも宴会が重なってててね。俺はまだしばらくは落ち着けんと思うが。広志さん、今夜はゆっくりしていけるんだろ？」

「ええ、そのつもりです。こっちはまあ、適当にやってますから」

荒神コーチが切り盛りして夜だけやっているこの店は、村人に大人気の賑やかな焼肉屋だ。しかし、荒神一人だけでは細部にまで手が行き届かず、経営的にはずいぶんアバウトなところがあった。

客は来店すると、自分で冷蔵庫からキンキンに冷えた瓶ビールを出してくる。メニューは文字通りの「焼肉」だけ。山盛りの野菜にラム（子羊）肉が載っかった一皿だ。肉の切り分けと盛りつけ、ガス・コンロの点火は荒神自らがおこなうが、肉を焼くこと、そして片付けることは全くのセルフ・サービスだ。このシンプルすぎるメニューはたいていの場合、肉が売り切れるまで注文され続けるので、今日のように来客が多いと早い時間帯に店仕舞いということも珍しくない。会計も自主申告のようになるが、客の中にこの店の勘定を誤魔化そうなどという不届き者は皆無だ。

広志もこの店には毎晩のように寄らせてもらい、焼肉にみそ汁とライス、それに山盛りの生野菜をつけた「あらじん定食」を満喫したが、そのボリュームに比べて値段が安いことは、講師の薄給の身にはありがたかった。旨さと安さの両方が揃っていて、訪れる客は引きも切らなかった。

そして、時々荒神は、昼間調理師として働いている村のデイサービス・センターの昼食に出す食材を仕入れに行ったついでに、旨い魚を見つけてきては広志に特別に料理してくれ、学校給食があるとはいえ一人暮らしで栄養が偏りがちな身には、これまた大変ありがたかった。

この店はメインの肉が柔かくておいしいのが盛況の理由だったが、味の決め手となる秘伝のタレの味が抜群に旨いことも人気に拍車をかけていた。ちなみに、しこたま肉を平らげた後に注文する特製ラーメン「ミソチャル一丁」。これは実はただのインスタント・ラーメンに野菜をたっぷり入れて調理しただけのものなのだが、「あらじん」秘伝の焼肉のタレで味が調えられると、どこのラーメン専門店にも負けぬ味に仕上がり、フィニッシュ・ラーメンとして絶大な人気を誇っていた。

広志は、忙しく立ち振る舞う荒神の姿をカウンター越しに眺めながら、キンキンに冷えた瓶ビールを、冷凍室で凍りついていたジョッキに注いで一人呑んでいた。カウンターにいくつか置かれていた枝豆を一皿頂戴してつまみにさせてもらった。するとその時、調理場の奥にあるドアが勢いよく開いて、

「欣ちゃ、ビールの追加持ってきたぞ。あと三ケースもありゃ足りるかい？」

と聞き慣れた声が響いた。

「そうさな、今日は飲み助が多いけど、いけるかな。ま、肉もいい具合にはけてきてるで、おおかた大丈夫だろ。ありがと義兄さん、広志さん来てるで、一緒にやっとってや」

「おっ、広志さん、まずいとこ見つかっちまったなあ。公務員は副業禁止だでね。どうか内緒にな」

そう牧数男《まきかずお》は言って、ウインクしてきた。

「牧先生、こんばんは。副業って、あらじんからバイト代もらってるんですか」

「そっ、俺のバイト代は高いぜ。呑み放題食い放題だからな。今、そっち回るから」

そう言うと、牧はケースを三つ重ねたまま運び入れて、大型冷蔵庫の中に一本ずつていねいに瓶ビールを並べていった。ビールが入った状態のケース三つを一気に持ち上げて運ぶとはずいぶんの怪力だ。広志は感心した。その怪力に似合わぬ繊細な手つきでの瓶の並べ方も板についている。どうやら牧は違法なバイトを相当積み重ねてきているらしい。その後、広志のいるカウンター席にやって来て、牧は新しく抜いたビ

ールを注いできた。代わって広志が注ぐと、牧は勢いよくジョッキをぶつけて、

「乾杯！」

と叫ぶやいなや、あっと言う間に呑み干し、

「ああ、うまい」

と心の底からの雄たけびを上げた。牧の色白の顔が、みるみる真っ赤になっていく。

「うー、染みるなあ。たまらんね、労働の後の一杯は」

二杯目も息も継がぬ間に呑み干すと、牧はまるで温泉にでもつかったように目を細めて、しばし動きを止めた。

「野道んとこ行ってくれたってな。どうだったい？」

「いや、どうだったも何も、桃子が」

「小沢桃子がどうしたい？」

事の顛末を手短に話すと、

「うーん、そりゃよかった。俺たちが下手なこと言うより、ストレートに生徒同士がやりとりすることがいちばんスムーズにいく」

「何でも、とうとうマムシを使ったって言ってました。牧先生は知ってますか、マムシ」

「そうか、とうとう野道、マムシに手を出したか。そりゃ、本物だ」

と桃子と同じようなことを言い出す。

「マムシっちゃ、欣ちゃも昔、マムシ様のおかげで命拾いしたんだ」

「荒神さんが？　やっぱり捻挫すか？」

「あれ、広志さんに話しちゃなかったかな、欣ちゃのマムシの一件？」

「ええ、聞いてませんけど」

広志は、去年からの牧と自分とのやりとりの記憶を大急ぎでたぐり寄せてみた。

＊　＊　＊

牧の妻美子は、旧姓を竹中と言ったが、高谷村で生まれ育ち、妹が一人いた。そのたった一人の妹光希が荒神の恋人だった。しかし、正式な婚約者となるはずのその日、荒神は最愛の光希を交通事故で失うこととなった。

結納の日の前夜、荒神は実家のある京都から両親を伴って高谷村に着き、当日朝、竹中家を訪れていた。着付けを終え、両親と共に親戚に挨拶回りして来る光希の到着を、首を長くして待っていた。

しかし、その日、待てども待てども光希たちは到着しなかった。電話のベルがけたたましく鳴り響き、応対に出た美子は悲鳴を上げるとともに気を失った。代わって受話器を受け取った牧によって訃報はもたらされた。国道で居眠り運転の大型トラックと正面衝突。三人とも即死だった。牧夫妻と共に事故現場を訪れ、三人の亡骸《なきがら》を目にしたとたん、荒神は大声で何かを口走った後、狂ったように車を発進させ、高谷村を屏風が囲むように取り巻く奥山の方角に向かって猛スピードで走り出した。気づいて、近所の人に車を借り、後を追った牧がどうしても追いつけぬまま、荒神はどんどんスピードを上げて奥山に続く林道へ入っていく。

光希の後を追う気だ

牧はそう信じて疑わなかった。奥山から流れ出す大きな不動滝が、荒神と光希の特別な思い出の場所であることをいつか聞かされたことがある。なぜか、その滝壺へ飛び込む荒神の姿がまざまざと目に浮かんだ。

不動滝の滝壺につながる深い川淵は「みかえり淵」と呼ばれている。「巳《み》」すなわち、水の神とされる蛇さえもが、恐れをなしてここから方向転換して帰るとされる淵だ。それほど水深が深いのか。またあるいは、淵に棲むたくさんの岩魚《いわな》がたとえ大蛇であっても水に入った生き物には集団で襲いかかる強い雑食性をもっているため、蛇は本能的に恐れて近づかないのだろうか。とにかく不動滝へはこの「みかえり淵」を迂回している狭い獣道を行くしかない。

予想通り荒神の車は林道から「みかえり淵」へ下りる谷道の手前で乗り捨てられていた。牧がようやくそこに到着したのは、荒神が事故現場を全速力で走り去った時点からかなり経った後だった。そして、車を降り、「みかえり淵」まで辿り着いた時、牧はそこに信じられない光景を目にした。

「みかえり淵」の傍らの大きな平たい岩の上に人影があった。正座した一人が、岩の上に横たわっているもう一人に対して、のしかかりながら何か働きかけているようだ。岩に近づいて見ると、それはまさに人工呼吸しているところだった。

牧はハッとなった。急ぎ近づくと、横たわっていたのはやはり荒神だった。そして、荒神の上体に覆い被さるようにして胸部を真上から圧《お》しているのは、見覚えのある老人だった。小柄ながら、荒神に施術する姿は実に凛として、空気がそこだけピーンと

張りつめているようだ。牧の姿を一瞥すると、老人は、

「水は吐き出した。心臓も動きを取り戻した。あとは、意識じゃ。気付けを嗅いで戻ってくれればいいんじゃが」

と言って自分の背負っていたリュックサックから小さな茶色の小瓶を取り出し、腰に下げた白い日本手ぬぐいをひょいと抜き取ると、瓶の蓋を緩め、逆さまにして中の液体を手ぬぐいで受けとめた。一瞬何とも異様な臭いが漂う。「田舎の香水」と呼ばれる肥やしの臭いがさらに凝縮した感じで、そして、どこかに生臭さがあった。息が止まるような強烈さだった。

「マムシ様よ。十年物のな。万一の時の気付け薬さな」

そう言いながら、老人は透明な液体を浸した手ぬぐいを荒神の鼻先に持っていった。

「ウ、ウアー」

強烈な臭いを嗅がされた荒神は、大きな叫び声を上げると、上体を震わせながら激しくむせ込んで、飲み込んでいた水をさらに吐き出した。老人は上体を支えるようにしながら、少し強い力で気合いを入れるように何回か荒神の背を叩いた。

「もう大丈夫じゃろう」

今度は優しく背をさすりながら、牧に向ける表情を初めて緩めた。そして、今度は右の足首あたりをじっと見つめた後、荒神の鼻に嗅がせていた手ぬぐいをそこにそっと巻き付けると、また茶色の小瓶を取って、今度は液体を直接その布の上に垂らした。再び強烈な臭いが四方の空気中に広がり、今度はずいぶん長くたゆたった。

「その時の老人、つまり欣ちゃの命の恩人というのが、野道のじいちゃん、大原旅人《たびと》さんだ。ちょうど山菜採りに来てたところ、欣ちゃの入水に遭遇したらしい」

「野道のあのおじいさんが」

広志は今日初めて逢った大原野道のおじいさんの、あの人なつこい柔和な笑顔を思い出していた。

「そうか、荒神さん、あの人に助けられたんだ」

荒神がかつてこの村で入水自殺を図り、村の人に助けられ、その後この村に住み着いて現在に至っているというおよそのいきさつについては、去年やはりこの店で牧から聞かされた。しかし「みかえり淵」への入水の顚末については詳しくは聞いていなかった。広志は、初めて荒神がこの村に長く暮らすきっかけとなる出来事を知った。

「みかえり淵」での一件の後、いろいろな人の説得にも応じず教職を辞した荒神は、高谷村で暮らし始めた。義兄になるはずだった牧が自分の家で生活するように強く誘ったし、残された竹中の家に住まうことも提案された。しかし、荒神はそれらを全て拒んで、あの「みかえり淵」で命を助けてくれた大原旅人さんの農園の倉庫に仮住まいを求めた。何か大原さんのためにお手伝いがしたい。その思いだけに駆られた荒神だった。それは、野道や桃子が生まれるずっと以前の話だ。

＊　＊　＊

「牧先生にしても、荒神さんにしても、どうしてバスケにそんなに打ち込むんすか？」

少し酔いが回ってきた広志は、自分の胸にずっとわだかまったままのことをとうとう牧にぶつけてみた。

「何かバスケット命っていうか、そんな感じじゃないすか、お二人とも」

「そういう広志さんだって、もうだいぶんバスケにはまりかけてきているんじゃないのかい？」

「まあ、はまってきているっちゃあ、そうなんですけど、俺もともとが野球小僧だったから、バスケのプレーヤーとしての経験がなくて、何かまだよくわかっちゃいないんですよね。先生や荒神さんのように、バスケの本質を理解できているわけじゃないっていうか、何かその、まだまだバスケに関する場数踏んでないってことなんでしょうけどね」

「まあ、そんなに難しく考えることはないんじゃないの。俺だってプレーヤーとしてのキャリアなんてほんと少ないしな。ただ、バスケっていうのはさ、ほら、自然に高いところめざしているだろう。ゴールが頭上にあるから。いつも下向いて落ちている物を探しているより、何かいい感じなんだよな。ま、それよりか、俺は何かバスケの雰囲気に関わっているのが楽しいっていうかね。まあ、いちばんは面白い人に出逢える世界ではあるからね」

「面白い人、ですか」

「そう。俺はバスケに関わるっていうか、荒神に関わる前なんだけど、基本的には人嫌いって感じだったんよ。それが、荒神、いろいろ面白い人に出逢わせてくれてね。それに引かれてこの世界にいるってことはあるね。もちろん、いちばんは面白い生徒との出逢いなんだけどね」

いた。

「面白い、人、ですか？」

そう言いながら、広志は今目の前にいるこの牧って人も、十分面白い人だと思えていた。

「あと、俺は数学だろ、専門。バスケットってのはね、この数学的に見ていくと実に面白いことがいっぱいあるんだな」

「へえ、例えばどんなことですか」

「まずだ。一人の人間がボールを持っている。これ、数学の幾何、つまり図形的な見方でするると点。つまりは一次元の世界だ。ドリブルは使えるが、基本的には一人だけのプレーでは動きがないと見る。次にパスする味方が一人できる。もう一点ができたわけだから、点と点とを結ぶと直線で、これは二次元。そうすると点から点までを結んだ直線上のボールの移動、つまりパスが可能。動きが生まれるわけだ。そして、もう一人味方プレーヤーが加わると、線は三角形という面になる。広がるね。人が一人増えると、動きが広がる。面積が広がる。世界が広がる。さあて、次は頭上にあるゴールだ。空中にあるゴールに向けてシュートを打つ。つまりは立体化。これは空間の完成だ。つまりは三次元の世界の完成だ。だが、まだまだ終わらないよ。バスケは時間で管理されてるでしょ。ルールにこんなに事細かくオーバー・タイムのあるスポーツなんて他にないでしょ。それで二十四秒計が作動していなかった時なんてどうなる？　時計を元に戻してプレー再開なんてこともあるでしょう。まるで過去へのタイム・トリップ。こうなるともうSF小説もびっくりの四次元の世界だね」

「なるほど、たしかに言われてみると数学的な世界ですね」

「まずはやっぱり、プレーヤーの数とプレーできる範囲の拡大ってのが数学的に面白いテーマさ。二人のプレーヤーで動ける範囲が、三人になると線が面になるから広がるね。四人になると逆三角形がくっついて倍の四角形に広がる。そうなると守備範囲も二倍にしなければね。つまりは四番目のプレーヤーの存在がプレーの幅の拡大という点でチームのカギを握るんだ」

　広志はゲームやミーティングの折に、荒神や牧が白い作戦ボードを使って相手の動きや味方の動きを図形的に確認する場面をこれでもかというほど目にしてきている。今の牧の話も、頭の中に白い作戦ボードを思い描いてみればよく飲み込める。

「あと、シュートの成功率。それにシュートを打つポイントと仰角の問題なんて、数学的領域の関心を満たすスポーツとしか言いようがないんだよ。俺にはたまらん世界だ」

なるほど牧はこんなふうに数学的興味からバスケというスポーツを見ていたのかと広志は感心した。そういえば、牧はマネージャーの桃子に、今流行のタブレット型コンピューターを持たせて、ゲームや練習でのシュート成功率などを常にデータ化させている。統計的に確率の高い場所からのシュート練習に時間を割くのが狙いだ。たしかに数学好きの人間にとって、これだけ数字に関係してくるバスケというスポーツは、こたえられない代物なのかもしれなかった。

「何だ何だ。また牧教授の数学談義かい？　理屈っぽい話はおいた、おいた」

話に夢中になっているうちに夜もだいぶ過ぎ、そろそろお開きになるグループが出てきているようで、手の空いてきた荒神が新しい肉を盛りつけた大皿片手に、広志たちのいるカウンターを覗き込む。

「さて、さてお待ちかね。いよいよ我々の焼肉パーティ開始としますか」

荒神がこぼれるような笑顔で二人を誘ってきた。

「よっ、来ましたね。いよいよ。年に一度の宴会だ」

実は今日が光希と両親の命日だった。それはつまり、荒神が入水自殺を図って生き長らえた日でもある。この日だけ、たったこの日一日だけ、荒神は酒を口にする。いや、酒なしでは過ごせない夜だった。

昨年の今日も、たしかにここで同じように呑んだ。しかし、初めて就職して年度当初の緊張がたまっていたためか、広志は早い時間帯に酔い潰れてしまった。それで、いろいろと肝心な話を聞きそびれたまま一年経ってしまった。

そういえば、酔い潰れた広志が正気を取り戻したのは、この店の二階の部屋だった。目を覚ましても、まだしばらくは天井がグルグル回って見えた。喉が無性に渇いてならなかった。すると、枕元に水差しとグラスがきちんと用意されてあるのが見えた。広志はその水を勢いよく飲んで、やっと人心地ついた。

すると、六畳間の壁に飾られてある一枚の写真パネルが目に飛び込んできた。少し色褪せたカラー写真で、一人のバスケットボール選手がシュートをしている。日本人ではない。外国人だ。NBAプレーヤー？　白人で、体格がいい。右下に白い文字で

「BIRD」

とある。

次に反対側の書架を見ると、たくさんの本がきれいに整理されて並べられてあった。広志は思わず近寄って見た。それはほとんどがバスケットボールの指導書とおぼしきものだった。

「コーチ、こんなに読んでいるんだ。バスケットって、こんなに勉強しなければならないものなんだ」

広志は、そこで酔いがすっかり覚めた。そして、自分が今、少しかじり始めているバスケというものがとてつもなく奥深いものに思えてきた。いや、バスケというより、人にものを教える、指導するということが生半可なものではないということがわかり、体全体に震えが来た。

（これが、本気で物事をおこなうということなんだ）

そして広志は、出逢ったばかりの荒神という人間に一気に引き込まれていく感覚に襲われていた。

＊　＊　＊

「広志さん、今日旅人じいさんに逢ってきたんだって」

「おお、そうかい。恩人に逢ってきたか」

荒神はどんぐり眼をさらに大きく見開いて広志を見た。

「マムシ様のおかげなんですね。荒神さんが命拾いしたのは」

「そうだな。そういうことになるかな」

遠い目をして荒神は頷く。

「野道は整骨院には行かないで、そのマムシ様の世話になったようですよ」

「そうか。そりゃ、よっぽど黒丸遠征で感じるところがあったんだな」

「詳しいことはわかりません。何しろ野道は桃子に独占されちまったから。あんな桃子は初めて見ましたよ」

「そうか、桃子がそんなアクションを起こしたか。それもまた一つの黒丸効果ってやつだね」

「黒丸効果ですか?」

「そうさ、黒丸の一件がきっと何かを引き起こすさ。決して悪くない何かをね」

荒神はまた遠くを見るようなまなざしで言った。

「全く、欣ちゃと三輪はとんでもないことをしてくれたもんだ。静かな池にでっかい石を投げ込んだようなもんだ。この波紋は大きいぜ、きっと」

そう言うと牧は、目の前で旨そうに焼き上がってきた肉を秘伝のタレにからめて、ろくに噛みもせず、一気に飲み込むように腹に納めてしまった。牧のその見事な食べっぷりが、若い広志の食欲にも火を点けた。

ラム肉は、少し噛みごたえが硬く感じられるものだが、この「あらじん」のラムはどこか違っていて、病みつきになる食感だった。ほどよく焼き上がってくると、逆に柔らかさが増して旨くなる。ジンギスカンの兜《かぶと》鍋の上でジュージューと立つ音が、さらに食欲をかき立てる。それを秘伝のタレに軽く浸す。醤油ベースだが、手作り味噌を混ぜてある。かすかに柑橘系の酸味も加わっているようだ。話をしばし止めて、二人は完全に焼肉モードになってラム肉に向かっていった。そんな二人の姿を、荒神が目を細めるようにして黙って見ていた。

＊　＊　＊

「面白い人との出逢いか？」

焼肉を食べながら牧が放った言葉が、広志の脳裏に鮮やかに蘇った。たしかにバスケ部に関わっていると、これまでに味わったことのない面白い人との出逢いがあることを、広志は実感しつつあった。

何より毎日のように接する荒神欣四郎という社会人コーチその人が、今まで感じたこともない不思議な人間的魅力に溢れた存在として、広志を引きつけてやまない。

牧と同じように、広志もどちらかと言えば人付き合いがうまい方ではない。なのに教師をめざそうとしていることに自分ながらに矛盾を感じたこともある。しかし、荒神と出逢ってから、人が人と関わっていくこと、付き合っていくことがやはりいいものなのではないかと改めて思わされ始めている。

そして、荒神が具体的に見せてくれるバスケ絡みの人間関係というものが、何だか心地よく感じられ、自分も荒神のような人付き合いをしていけたらと思うようにさえなってきていた。

荒神は、若かりし頃、高校の体育教師だった。しかし、今、彼は教師ではない。その教師ではない彼が関わる生徒とのやりとりが、広志には実は最も教育的なのではないかと思う日々があった。荒神のすごさは、生徒を、いや人を、基本的に決して否定しないことだ。たとえ十のうち九否定されるところがあったとて、残りの一に肯定できる要素を見つけようと心を働かせる。そして、見つけ出したその良さをとことん大切にする。

かつて荒神を駆り立てていた学校教育への思いや高校バスケ界での勝利への傾倒は、最愛の恋人光希との死別を機に潰《つい》えた。その代わりに彼が求めることとなったのが、自分を救ってくれた村人の住む高谷村で、この村のために生きたいと思うことだった。荒神はピシャリと学校現場から身を引き、大原家の物置小屋に起居しながら農作業の手伝いをして日々を過ごすことに決めた。そしてその後、旅人老人の勧めもあって、調理師の道に入り、焼肉屋も始めることになって、今日に至っている。

牧がこの夜、「あらじん」で最後に言った言葉が広志の胸に深く突き刺さっていた。

「ほんとうの痛みがわかっているからこそ、心底人に優しくなれるんだ。逃れられない苦しみを通り抜けてきたからこそ、とことん人に寄り添えるんだ。俺は荒神のバスケが好きだ。荒神のバスケはうまいやつ、強いやつを強くするバスケじゃない。弱っちいやつらをどんどんうまくする、そして強くするバスケだから面白いんだ。うまいやつ、強いやつなんてほっておいても自分らでそこそこ強くなっていけるだろう。それじゃあ、何も面白くない。荒神はミニ・バスの経験もないバスケ素人の田舎の小僧たちを、素敵なバスケット・マンに変えていくんだ。俺にはそれがたまらないね。それに、荒神は基本、一人でも切り拓いていける男、こしらえていける男なんだが、あいつがやっていると、いつの間にか周りに仲間ができてくるんだ。それが不思議でたまらない。まあ、人間的な魅力ってやつじゃないかな」

この牧の言葉を聞き、広志はゲームで、そして練習で荒神が生徒と向き合う姿、支える姿にもう一度心から引かれていった。

この人をとことん信じてもいいのではないか。

この荒神に対して感じる安心感は、何か事が起こった時に剥き出しにされる親や家族に感じる思いに似ていた。しかも、荒神が自分の近親者ではないがゆえに、いっそう心揺さぶられる思いがした。

この出逢いを大切にしよう。この人から多くのことを学ぼう。

この夜、久々に酩酊した広志は、とうに寝静まった高谷村の中を心地よく歩いた。

梅雨間近の群雲の合間から覗く初夏の星空が、じっと自分を見守ってくれているようだった。

第2ピリオド　六月の雨

その1　雨に濡れた朝

雨の季節の到来、それは大会が間近であることを強く実感させる。バスケは室内競技だから天候に左右されることもなく、練習の進行に何の支障もないように思われるが、降り続く連日の雨は、大会までの残り日数を確実にカウント・ダウンしていく。そして、チームにピリピリしたプレッシャーを与える。

地区大会も南信州大会も、これまでずっと高谷中体育館がメイン会場となってきた。吸収合併で行政単位としての「高谷村」がなくなってしまう来年以降はどうなるのかわからない。でも、とりあえずは今年もここの会場で大会がおこなえることに、ホッと胸を撫で下ろす人は少なくなかった。

高谷の会場はそれだけ心を和ませてくれる雰囲気のある場所だ。今年もまた、まるで体育館を取り囲むように美しい「花の道」と呼ばれる細長い花壇が整備されている。絵の具のチューブから搾り出したままのような朱色のサルビア。丈がまだ伸びきっていないが、逆にこれからグンと背伸びしていく前の撓《たわ》められたエネルギーを秘めている。サルビアの間には、太陽が凝縮したような色彩の二種類のマリーゴールド。オレンジ色とレモン色とが交互に植えられ、サルビアの朱色をよく引き立たせる。どこか明るさを含んだ六月の雨に激しく打たれることで、逆に胸を張っているような花たちの、未熟だが力強い輝き。訪れる人たちに無言で問いかけるものがこの会場には満ち溢れている。整えられ、力強くて美しい花の道がすっかりできあがると、いよいよ大会だなという雰囲気が学校全体を覆い尽くす。

この体育館周りをはじめ、高谷中の環境をずっと維持してきたのは、桃子の祖父小沢匠《たくみ》だった。小沢は校用技師として、開校以来高谷中の歴史と共に歩んできた、まさに生き字引のような存在だ。とくに花づくりについては「名人」と呼ばれる知識や技能をもち、学校を四季折々の花で彩ってくれた。

花を育てながら、ここで生活する生徒たち教師たち一人ひとりのことを誰よりもよく知り、そして気遣っていた。一見寡黙で、安易には心を開かぬ頑固者の雰囲気を身に纏っているが、いざという時に最もあてになる人が、実はこの小沢さんだ。

大会をあと二週間後に控えても、高谷中バスケ部の一日には、一見これまでと変わらぬ時間が流れているように見えた。しかし、あの黒丸遠征以来、自分たちのバスケの質を変えようとする試みが静かに、だが、たしかに進められていた。その一つが大原野道と小沢桃子の毎朝の秘密練習だった。広志は偶然、その現場を目撃してしまった。

午前六時、朝練習の開始まではあと一時間ある。フロアーのモップがけ当番になっている者にしても、登校は六時四十五分で、この時間に体育館が動き出しているということはまずないはずだ。昨日、体育館のミーティング・ルームに授業で使う大切な資料を置き忘れた広志は、今朝はいつもより早く、少し眠い目をこすりながら住宅を出た。

霧のような小雨が煙り、体育館周りの花の道が、たっぷりと水分をもらって生き生きと輝いて見えていた。入り口は施錠されたままだったし、ミーティング・ルームに入るまでは何も気づかなかった。しかし、自分が探していた資料を確認し、ホッと安堵したことで気持ちに余裕が出たせいか、ふと体育館から聞こえる物音に耳が反応した。誰かがボールをついている。それが直感的にわかった。

いったい誰が、こんな早い時間に。玄関には施錠がしてあったはずなのに、いったいどこから。不思議なことが寝ぼけた頭の中に押し寄せてきて、広志は当惑し、恐れに近い感覚を得た。

ミーティング・ルームを出ると、空耳だと思おうとしていた音は確実な響きのある音として、もう一度広志の耳にはっきりと入ってきた。さらに、

「フットワーク。足、足」

という甲高い聞き慣れた声がそれに続き、

キユッキユッ

というシューズとフロアーとの奏でる独特の摩擦音が軽やかに響いた。

もう間違いない。中にいるのは桃子だ。他にも誰かいる。広志は引き寄せられるように体育館フロアー入り口の重い鉄の扉の正面に立ち、気づかれないようそっと扉を

左右に薄く開いた。するとゴール下に桃子が陣取り、ちょうどフリースロー・ラインの位置にいる少し猫背気味の人物に向かって声をかけていた。

「そいじゃ、剛のポジションに入るから合わせて」

頷いたガードが、ゴール下に動いた桃子に向かいパスを飛ばす。が、一瞬桃子の動きの方がタイミング的に早くて合わず、辛うじてキャッチした形で動きが止まる。すかさず、

「パスが弱い」

首をうなだれるガード。

「さ、もう一回、剛のタイミング」

容赦なく求める桃子。その勢いに圧されたか、今度はドンピシャのタイミングでパスが通る。

「オッケー、じゃあ次、駅のタイミング」

遠慮してか、警戒してか、全館照明にしないで練習している二人。まだ目覚めきっていないコートの上に、しかし二人の気迫のようなものが迸《ほとばし》っている。

ああ、こうやって一人ひとりのパス・キャッチのタイミングを確認しているんだ。

それにしても、桃子のコピー動作がすごい。桃子が動くと、実際はわずか百六十センチそこそこの身長のはずなのに、まるで百八十センチ近い剛の動きそのものに見えてしまう。その時、感心するあまり迂闊にも鉄の扉を押さえていた両手に広志は思わず力を入れて、

ゴトリ

と音を立ててしまった。

「誰？」

桃子の鋭い声が飛び、つられてもう一人も恐る恐るこちらを振り返る。顔が強ばっていくのがわかる。

「見たなあ！」

まるで藁《わら》人形に呪いをかける姿を覗かれた山姥《やまんば》のセリフだ。桃子の鋭い気合いに触れ、野道の顔にも怯えが走る。そして、桃子の勢いに魅入られたように観念し、広志はスルスルと扉を全開して姿を晒してしまった。

「き、君たち、こんなに朝早くから」

広志の口からは思わず知らず言葉が漏れる。

「シー。広志先生、察して」

桃子はそう言って、広志に両掌を合わせて拝むような仕草をする。その瞳にはやはり有無を言わさぬ強い意思の力が宿っている。野道の目も真剣そのものだ。

「わかった。俺も共犯者になるよ。続けなよ」

「ありがと、広志先生。だから、好き！」

その「好き！」という一言がいつまでも広志の耳に谺していた。しかし、二人は一秒も無駄にしたくないというように練習を再開した。

「次、健吾」

傍らにいる広志のことなど眼中にないように、二人はシュートにつながるラスト・パスのタイミングを合わせる練習に没頭した。

「ちがう、ちがう。健吾はバック・シュートに行きたがる。ガードが誘導するんじゃだめ。持ち味を生かさなきゃ」

「持ち味？」

「そう持ち味」

「わかった。もう一回」

そう言うと、野道はさっきのより心もち長めのパスをゴール下のやや左側に送る。思い切り踏み込んでボールをキャッチした桃子がゴール下を疾風のように通過して、少し体に捻りを加えながら頭越しに後方への左手シュートを放つ。黒豹のようにしなやかな体躯が躍動する。

ボールはバック・ボードの小さな四角の黒枠を軽く掠《かす》って、ゴール・ネットに吸い込まれる。そうだ、このシュートが健吾の十八番だ。それにしてもほんとうによく特長を捉えている。

「よっしゃ。これで一応全部。あとは自分、大原野道本人」

そう言うと、桃子は強いパスを野道に返し、同時に膝を折って低い姿勢でディフェンスにつく。キャッチした野道は、一瞬シュート体勢に入るのを躊躇して、桃子の手に弾かれてボールを手放してしまう。

「だめ、だめ、ガードは捌《さば》くだけじゃだめ。自分で打ってこないガードなんて弱っちい蝿のようで、全然怖くない。ガードも蜂のように刺す」

広志は思わず苦笑する。しかし、たしかに桃子の言う通り、ゲームの組み立て役のガードだって、最後は一対一の勝負をかけて蜂のように相手を刺さなければならない時がある。いやそもそも、ガードがパスを入れてくるのか、中に入ってシュートを打ってくるのかという疑心暗鬼にさせることで、相手を攪乱するのが大切な戦法となる。桃子はそのことを言っているのだ。

桃子からのパスを受け取った野道は顔を紅潮させ、今度は躊躇なく真ん中を低いドリブルで切り裂く。次の瞬間、

「キャア」

という悲鳴が上がり、コースに入ってディフェンスした桃子がフロアーに尻餅をついて倒れる。

「桃子、大丈夫か」

シュート体勢を途中で止めた野道が桃子を振り返る。

「だめだめ、シュートは最後まで打ち切らないと。中途半端じゃファウルもらえないよ」

フロアーに倒れたまま、桃子が野道にそう叫ぶ。

「ガードがオフェンス・ファウルもらえるようになったら、もうこっちの流れなんだから」

続けての桃子のその言葉に、野道はボールを胸で抱えたまま、汗に濡れた顔をさかんに縦に振りながら、

「ウン、ウン」

と声に出して頷いている。

「野道、バスケ、好きなんでしょ」

「うん」

「好きなら、絶対にうまくなれる」

「うん」

「ボクだってそうさ」

「桃子だって？」

「そう。ボクだって最初から兄貴についていけたわけじゃない」

「アキラ先輩に？」

「そう。でも、バスケを好きなことでは、兄貴に絶対に負けない」

「桃子」

「うまくなりたいって思ってやっていれば、絶対についていける。今よりうまくなり

たいって思い続けなけりゃダメだよ」

「わ、わかった。やってみるよ」

「自分を信じろ、野道」

＊　＊　＊

同じ頃、八幡様の境内で激しく動き回る四つの人影があった。

「あとどれくらい時間ある？」

「今朝はちょうど野道と桃子が掃除当番だから、五分前に着けばいいとして、三十分はいける」

「よっしゃ、三十分間。ドリブルなし二対一で、ミートに行く練習をくり返すぞ」

「オーケー。じゃあ、最初俺が出る」

「俺も」

「俺も」

「じゃあ、ジャンケンだ」

「最初はグー、ジャンケン、ポン」

「よし、剛、アウト」

「わかった。早くやろう」


八幡様の社《やしろ》は、今の保育園ができるまで村の託児所になっていた歴史がある。境内にはバスケット・コートが半面とれるくらいのスペースがあり、村の子供たちの格好の遊び場となっていた。隣接する公会堂が昔の託児所として使われていた建物で、その古びた外壁にいつの頃からかバスケット・ゴールが取り付けられ、学校の休日や夜間に、さながらストリートの３オン３のコートのように利用されるようになっていた。

「もっと自分から呼んで」

「パスをもらいに動かなきゃ。ちゃんとキャッチ・ボイスとハンド・サイン出して」

あの黒丸遠征以来、ガードだけに頼らないで「ミート」という自分たちからパスをもらいに行く動きを徹底するために、四人の朝の秘密練習は始まった。野道には内緒だった。もちろん桃子にも。

「何時になった？」

「六時四十分」

「じゃあ、ここらで切り上げよう」

「学校までダッシュだ」

「おー」

その2　夜ごとの来客

伝統的にメンバーがわずかしか揃わない高谷中バスケ部が水準以上のバスケをし、県大会に何度も顔を出すどころか、かつて一度全国大会にまで出場したことは、「高谷の奇跡」と呼ばれ、バスケ関係者の中でも長いこと関心の的だった。

もちろん荒神コーチの指導力が最大の要因であることは間違いない。しかし、高谷中のバスケに関わるようになってチームと日常を共にする広志には、その「奇跡」が一人荒神コーチの力によるものだけではない、という思いが強く湧き起こっていた。

以前、「食堂あらじん」で牧が語ってくれたように、様々な「面白い人」との出逢い、人脈の豊かさがこのチームを支えているのではないかと思われるのだ。実際夜ごとチームの練習に集ってくる顔ぶれに触れるたびに、広志はその思いを強くする。

六人しかメンバーがいないチームの練習は、オール・コートを使った「二対一」という練習がメインとなる。オフェンス（攻撃）二人に対して一人がディフェンス（防御）につく。オフェンスはドリブル禁止。パスのみでオール・コートをゴールまで運んでいく。一度パスを出せば、パスを出した自分が次のパスの受け手になるように動かないと、攻撃は続かない。

一人で守り、パス・カットに動くディフェンスはもちろん大変だ。だが、パスしか使えないとなると、オフェンスの運動量も半端なものではない。苦し紛れのロング・パスを出してカットされたら、「ドリブル逆襲」が許されているディフェンスに得点を許してしまう。どうしても動き回って小刻みなパスでつないで攻めるよりない。

この「二対一」をオール・コートで一回やっただけでも、かなりの疲労だ。桃子を入れた六人メンバーでは二ユニットしかないから、順番はすぐにやってきて、まるで休む暇がない。

夕方の前半の練習は、この「二対二」の他、荒神がコートに投げ入れるボールを二人が追いかけて奪い合う「一対一」がある。どちらのチームのものにもなっていない「ルーズ・ボール」を奪うことがバスケでは肝心となるからだ。空中にあるルーズ・ボールを奪い合う「リバウンド合戦」ももちろんだが、練習ではフロアーをコロコロ転がっているゴロ・ボールに飛び込んで奪い合うこともある。このルーズ・ボールの奪い合い練習では、荒神の、

「ナイス・ファイト！」

の声が、一段と大きく体育館に響き渡る。荒神がゲームでベンチから、

「逃げるな、一対一で勝負をしろ」

とあらん限りの叫び声を張り上げるが、バスケは実はプレーヤー五人それぞれが、対する相手プレーヤーと一対一の勝負をしている「五人でやる格闘技」だと言える。

この「二対二」「一対二」の練習メニューが終わると、会合を終えてやって来た中学校の教師たちがチームをつくり、やっと五対五でやるバスケらしいゲーム形式の実戦練習が始まる。桃子、荒神、牧、もちろん広志も加わる。あと一枠に腕に多少覚え

のある教師たちが入れ代わり立ち代わりで入り、中学生五人と対峙する。
そうこうしているうちに宵闇が迫り、それぞれ仕事を終えた地域の社会人チーム「高谷倶楽部」のメンバーもちらほらと顔を見せ始める。かつて中学生時代に高谷中チームでプレーした連中が荒神を慕って三々五々集まる中で、自然に形づくられていったバスケ愛好会がこのクラブの母体となった。そして、今やこのクラブはなかなかの強豪となり、南信州の社会人リーグの中でも、一目も二目も置かれる存在になっていた。

そのクラブのメンバーの中で、「ドレッド君」と仲間内から呼ばれる若者に、まず広志は鮮烈な印象を与えられた。髪の毛をよじり合わせて黒人のミュージシャンのイメージを与える「ドレッド・ヘア」をしているからこの渾名があるが、本名は三野唯《みのただ》志《し》。高谷村に程近い結田市の総合病院の看護師をしている。その仕事柄しょっちゅう来てくれるわけではないが、彼が練習に参加した時にメンバーに語るその言葉の一つ一つが、チームにとって心の面での大切な血となり肉となっている。

「僕は、今、自分がバスケをやってきて、ほんとうによかったと思っています。僕の毎日は患者さんの生と死の間にあって、いつも自分の力のなさ、至らなさを痛感する日々です。多くの場合、非力な僕は自分が患者さんのためになっているとはなかなか思えません。でも、チームの一員として自分に与えられた役割を確実に果たすことで、少しでも患者さんのためになると感じられる時があります。そんな時の自分は、かつて荒神コーチに教えられながらチームメートと共にコートで闘っていた時と同じようだと思われるのです。僕が今、この難しい仕事に関わっていられるのは、間違いなくバスケが僕の後押しをし、僕を勇気づけてきてくれたからだと思います。バスケをやっていてよかった。いや、バスケで教わってきたことの支えなしには、正直やっていけない。高谷中で荒神コーチにバスケを教えてもらってほんとうによかったと、今、強く思っています」

どうしたことか、ある晩のミーティングで、三野君はこう切り出した。目にはうっすらと涙を浮かべている。三野君がこんなふうに自分のことを力むように語るのを広志は初めて目にした。チームのメンバーは、いつもと雰囲気の違う三野君の姿に釘付けで、とくに桃子が目にいっぱい涙をためていることに驚かされた。荒神も牧もまるで金縛りに遭ったようにその場に固まったままだ。

「ここしばらくの間、僕が関わらせていただいた患者さんがとうとう亡くなられました。自分なりに精一杯努力してお世話させていただいたつもりでしたが、ほんとうに残念でなりません。こういう時、ほんとうに自分が無力だと思わされます。もっとあすればよかった。もっともっと心を籠めてこう接すればよかった。そんな後悔ばかりがこみ上げてくるんです。でも、それはどうしたって後の祭りです」

と言うなり、三野君は嗚咽した。すると、そこまで黙って三野君の話を聞いていた桃子がその場に立ち上がり、まるで三野君の代弁をするかのように、堰を切ったように、ほとんど叫ぶように話し出したのだ。

「先輩、そんなこと言わないでください。先輩は二年前、うちのおばあちゃんが病気で闘っていた時、ほんとうに真剣に接してくれました。定時の血圧測定、検温、点滴の取り替え……。あの時、交代で来るたくさんの看護師さんの関わりを見たけれど、先輩のおばあちゃんに対する態度がいちばん優しかった。いちばんおばあちゃんを大事にしてくれている気がした。先輩、あの時、もう昏睡状態に近かったおばあちゃんにこう言ってましたよね。『小沢さん、三日目でやっと僕のこと覚えてくれたみたいですね。嬉しいです』って。先輩、ドレッドにしてるのって、目立つスタイルで患者さんに覚えてもらいやすくしているんですよね。おばあちゃんもそうだったけれど、うちの家族全員が三野先輩が来てくれることをあの時待ってた。主治医の先生にいろいろ聞くより、三野先輩に聞く方が、よっぽど安心でき、正直希望がもてました。最期の日、三野先輩が丸一日の勤務を終えて帰られた後、おばあちゃんは息を引きとりました。あの時、うちの家族はみんな、三野先輩にいてほしかった。先輩がいてくれることがどれだけ心強かったことか」

桃子はそう言うなり、あたり構わず泣き声を漏らした。ふだん決して感情を爆発させない桃子のとったその態度だったがために、改めて桃子の強い思いがその場に深く深く染み通っていった。

「小沢さん、ありがとう。僕のこと、そんなふうに思っていてくれて」

三野君はようやくいつもの落ち着きを取り戻してそう言い、桃子をじっと見つめた。そして、もう一度全員を見渡した後で、言葉を続けた。

「小沢さんのおばあちゃんの時も、そして今回も、僕は心にダメージを受けると、実はなかなか立ち直れない性格なんです。いつまでもウジウジと引きずってしまいます。

でも、そんな弱っちい僕を支え、何とか気持ちを取り戻させてくれるのが、バスケのゲームの時、ベンチのコーチや仲間たちが何度も送ってくれた『切り替えろ』っていう必死の声なんです。ゲームでミスった時、気持ちが一瞬沈む。とくに僕はそうなんです。プレー中、そんな気持ちに縛られてはいけないのに、僕はひるんだままなんです。その時、ベンチからの『切り替えろ』の声で僕は我に返るんです。今だってそう。僕の職場ではミスは患者さんの命取りになる。ミスは許されない。でも、けっこう細かいところで判断ミスをしてしまうんですよ、僕は。だが、そこで立ち止まったままでは、それこそ最悪の事態になってしまう。その時、僕の耳に聞こえてくるんです。『切り替えろ』のあのベンチの声が。バスケは僕に、いちばん大切なことを教えてくれてたんです。僕が今、曲がりなりにも現場で闘っていけるのは、『バスケは一対一の勝負が問われるが、一人でやるスポーツじゃない』という荒神コーチや牧先生の教えが一つにかたまった『切り替えろ』の声なんです」

「ドレッド君」こと三野先輩は、広志と同年だ。彼がなぜ看護師という道を選んだのかは知らない。けれども、日々精神的にも肉体的にも過酷な仕事に挑む彼を支え、彼を励ましているものの中心にバスケがあることは、広志にはよくわかった。バスケで共に闘う仲間がいるということは、バスケ以外の時にも大きな心の支えになるだろう。バスケのゲームに挑んでいく強い心がどれだけ多くの場面でも勇気を与えてくれるか。三野先輩ほど強烈ではなくとも、広志も徐々に同じ思いを抱くことが多くなってきていた。ゲームで、生徒たちが強い相手を恐れず何度でも向かっていく闘志溢れる姿を見続けていると、やがてベンチにもその闘志が伝わり、火が点いていく。相手にはじきとばされながらも、何度でもひるまずに向かって、しぶとくゴールをもぎ取る。ベンチにいる広志もまさに一心同体となってフロアー上の選手と共に闘っている感覚になった。バスケが見る者の心も大きく揺さぶる真の魅力をもったスポーツであることを、広志は身をもって感じつつあった。

＊　＊　＊

ドレッド君と共に広志の心を打った来客は、高谷中のＡＬＴ（アシスタント・ランゲージ・ティーチャー）のアメリカ人、コリン・ロバーツさんだった。英語科教師の広志はほぼ毎日、いや毎時間コリンとペアを組んで授業をおこなう。コリンは身長一メートル九十センチ超。小柄な広志にとっては見上げるような巨人だ。しかし、その顔の表情はいつも柔和で、静かな微笑みに満ちている。

　昨年四月、初めてコリンに出逢った時、広志はそのコリンの左腕の、二の腕あたりから先がないことに驚かされた。春先にも関わらず少し暑い日で、半袖のワイシャツを身につけていたから、あるはずの腕が袖のところから見えないことに違和感を覚えた。一瞬広志の視線が左袖のところで止まったままなのにコリンも当然気づいた。

「生まれつきです。私のこの腕は」

　問われたわけでもないのにそう言って、少し眩しげな表情をして自分を見てきたことが忘れられない。

　左腕がないということでコリンが大変な苦労を背負っているということは、その後学校での生活を共にしながら数々の場面で思い知らされた。しかし、コリンは本来両腕で為すことを、工夫して右腕一本で何とかしようと常に努力していた。いちばん大変なのは衣服の着替えだろう。ロッカー・ルームで時を共にするたび、床に寝転んで必死にもがくように着替えをしている姿を見て、広志は隻腕であることが自分の思っていた以上に大変なハンデであることに気づかされた。

そんな過酷な状況に置かれた自分との厳しい葛藤の中で、コリンは人に対して常に優しすぎるほど優しい男になったのではないかと広志には思えていた。とくにうまくいかない状況にいることの多い生徒たちに何とか自信をもたせようと、彼は必死だった。口癖はいつも、

「イエス・アイ・キャン」

つまり、

「ああ、できるとも」

例えば、ソフト・ボールのゲームに参加し、打席に立つ時、あるいは守備位置につく時、彼はいつもブツブツと何事か独り言をさかんに呟いている。それが、「イエス・アイ・キャン」の祈りなのだ。バレーボールのサーブを打つ時、受ける時、コリンはいつも真剣に祈った。そして、うまくいった時の彼の喜びようといったらなかった。

ああ、この人は、こうやって、自分にも人にも自信をつけているんだ。自信とは、こうやって成功を祈り、願い、ほんとうに必死になって集中して取り組むことで少しずつ得られ、積み上げられていくものなのだと改めて思わされた。

そんなコリンがバスケットボールにまつわる彼の過去を話してくれたのは、出逢いから半年ほど経過して、広志との付き合いもずいぶん深くなった頃のことだ。

その日、夜間練習を終えた後、コリンは珍しく体育館を立ち去ろうとしなかった。

「ヒロシさん、私のバスケの苦い思い出話を聞いてくれますか」

唐突にそう言い出したコリンの両目は、心なしか潤んで見えた。

「私は両手でボールが扱えない。だからシュートの成功率、低いんですよ。体が大きくなってからは、掌も大きくなって、片手だけでボール・コントロールすることができることも増えたんですがね。でも、やっぱりシュートは両手なんですよ。微妙なバランス感覚が大切なんですよ。ハイ・スクールの頃、私はシュートが全然入らないからサブ・メンバーでした。でも、ディフェンスはほんとうにしっかりやった。両足は動くから、フットワークは得意だった。ボールを持っていない時、つまり『オフ・ボール』の動きにはとにかく自信があった。それと、シュートはバック・ボードの助けを借りてのタップ・シュートに磨きをかけたんです。助けを借りることが全然悪いことじゃないって割り切れてきたんですね。でも、確率的にはやはりなかなかシュート・チャンスに絡めないから、ゲームには出してもらえなかったです。五人しか出られないバスケって、ほんと切ないスポーツだと思いますよ。私、いつもタオルとドリンクの運び屋でしたよ。でも、最後の最後のシーズンでチャンスが巡ってきたんです」

コリンの目は相変わらず潤んでいたが、最初には感じられなかった力強い光が宿ってきていた。

「私は、私のおじいさんにゲームに出ている私の姿をとにかく見てほしかった。おじいさん、片腕の私がスポーツできるなんて、それまで絶対信じてくれなかったんです。私がバスケの選手になっているなんて、絶対信じようとしてくれなかったんです。お父さん、お母さん、兄弟たち、みんなが見てくれた。そして褒めてくれた。でも、おじいさんだけは私の存在自体を認めてくれていなかった。だからコーチからチャンスをもらえた最後のゲームの前、私、おじいさんに電話をかけました。でも、やっぱり、信じてくれなかった。

私、第4ピリオドから出て、自分でも最高なくらいに頑張れました。きっと今日はおじいさんは来てくれる。自分を見に来てくれる。それだけを祈って、残り時間ばかり気にしていました。シュートも何本か入りました。ディフェンスはもちろん頑張りました。これならおじいさんが見て信じてくれるだろうって思っていました。残り一分、三十秒、十秒、それからカウント・ダウン。五秒、四秒、三秒、二秒、一秒、ブザー。でも、おじいさんは結局来てはくれなかったです。私を、私の頑張りを信じてくれはしなかったのです」

そう言うと、コリンはタオルで顔を覆って、しばらく嗚咽していた。

「なぜなんだろう。どうしておじいさんは私を認めてくれなかったんだろう。ずっとずっとそう思っていました。それからカレッジでもバスケを続けて、体もさらに大きくなったから活躍もできて、ゲームにもよく出してもらうようになりました。でも、おじいさんは亡くなるまで、結局一度も見に来てくれなかった。きっと私のことが嫌いだったんだろうなと思う。そのことを私は今日までずっとずっと引きずっているのです。だから、生徒たちには、いや、自分が関わりのある人たちには、哀しい思いをさせたくないんです。もっともっとよく人のことをわかってあげたい。苦しいことを一緒に軽くしてあげたい。それだけが私の願いなんです」

そこまで話して、コリンはまたふだんの自分を取り戻したように静かな笑顔を浮かべた。少しずつ少しずつライトが落ちていくコートの上で。

＊　＊　＊

かつて高谷中は、村に過疎化の兆しが見られるようになってきたある時期に、全国から中学生を募り、「山村留学」という形で活性化の道を探ったことがある。その際、村は留学生のための寮をつくり、寮生の活動の中心にバスケットボールを位置づけた。もちろん村にいるかつての高校バスケットボールの名将荒神欣四郎の存在が、その計画を推し進める核となったのは言うまでもない。そうして高谷中バスケ部は、やがて全国大会出場という奇跡を巻き起こし、村人は高谷中バスケの黄金期に熱狂し、歓喜した歴史があった。

そして、荒神に指導を受けた卒業生の多くが高谷村や近隣の町村に社会人として定着し、やがてその中から「高谷倶楽部」が誕生した。そのメンバーが、夜ごと体育館を訪れ、中学生のパートナーを買って出てくれる。生徒数の少ないチームが力量を保ち得ているのもこういった理由だった。

さらに、小沢桃子もクラブチームの一員として、プレーの場を手に入れているらしい。広志は、実際にはそのプレーを目にしたことはなかったが、桃子のバスケセンスが、社会人プレーヤーの高いレベルの中で磨かれているということは、容易に想像できた。

夜ごとの来客の与える強烈な刺激は、選手たち、そして広志を大きく育てる糧となった。集い来る者たちが自然に醸し出す力がこのチームには欠かせなかった。そしてそうやって多くの魅力溢れる人が集うのは、もちろん荒神という人に会うためというのが大きな理由だ。まるで荒神コーチという人は、旅路の途中にある大きな樹のように思えた。しばし羽を休める鳥たちの、次の旅へとつながる安息の場所であるかのようだ。集い来る人にとって、いつまでもコーチであり続けてくれる。荒神コーチは、そんな存在に思えてきていた。

その3　最後の遠征

大会一週間前、ケガを恐れて練習ゲームを組まずに調整にあてるチームがほとんどの中、高谷中は最後の遠征に出た。六人だけでは、やはり十分な実戦練習はできず、最後のフォーメーション確認もままならないからだ。

いつも練習相手になってくれる社会人や高校生チームとのゲームでは、六号球と七号球とのボールの大きさの違いも関わって、プレー上の微妙な感覚がズレてしまうこともあった。たいていは他が中学生に合わせるとはいえ、大人の体格とかプレーのスピードとか、中学生相手のゲームとは違う感覚を与えられてしまうことはたしかだ。大会前、繊細な中学生にとって、この微妙な差異はけっこう大きな影響となる。時期的に県内に対戦チームを求められないので、大会がまだ二週間先の隣県まで赴くことになった。これも荒神コーチの伝手《つて》による高谷中バスケチームの恒例だ。そして、広志はこの遠征の中で、チームの驚くべき成長ぶりを目の当たりにした。

この日は隣県の中学生チームが大会直前の最終調整をおこなう集いに参加させてもらった。すでに真夏を思わせる陽気で、全国でも猛暑で知られる市にある体育館は熱気でむせ返るようだった。

「おはようございまーす。お願いしまーす」

桃子も入れ、わずか六人しかいない高谷チームだが、いつもホールにいる観客が思わず振り向くほど威勢のいい挨拶を響かせる。

「会場の観客を自分たちの味方につけること。それがベンチの応援の少ない少人数チームには大切な作戦の一つだ。それに、私は高中バスケのファンをもっともっと増やしたいと心から願っている」

荒神コーチが常日頃、まるでウインクをするように片目をつぶって、いたずらっぽい笑顔で語っていることを、六人は真に受けて忠実に実行している。


ゲーム前のアップの時、広志はふと野道のバスケ・シューズがいつもの黒いものと違って、明るい青色のものになっているのに気づいた。

「野道、バッシュ、どうしたん？」

「えっ、広志先生、気づいたんですか」

「いつものバッシュ、あれアキラ先輩から譲ってもらったお前の宝だったんじゃなかったっけ。どこか具合悪くなった？」

しかし、野道はなぜかニンマリとした笑みを浮かべ、

「もうそろそろ、アキラ先輩から卒業しないとね」

と言った。これには驚いた。野道の本気さがはっきりとわかった瞬間だった。あれだけ憧れ続けたアキラ先輩から巣立とうとしている。

野道はもう大丈夫だ。

広志は確信した。

隣県のチームは総じて淡泊なほどクリーンなファイトで、とくにゴール下でガシガシ競り合うことをほとんどしないので、高谷は面白いほどリバウンドをキープした。大会まで一週間。このプレッシャーのなさには物足りなさを感じたものの、今までの練習で積み上げてきたディフェンスのバリエーションをとりあえず全部試すことができ、オフェンスのフォーメーションもおおよそ確かめられたことは大きな収穫だった。

それに大会当日と同じ一日を通してのスケジュールをこなせることが、調整としてはありがたかった。午前の日程を終え、一日大過なく過ごせそうな予感がした。だが、事はいつでも、そう簡単には済まない。

午後から、あるチームが途中参加してきた。いでたちは上下真っ黒のユニフォーム。背番号のデザインが、中世ヨーロッパの騎士団の武器を連想させるおどろおどろしい剣のような文字体で、くすんだ銀色地にはうっすらと赤黒い血糊の跡さえ窺えるようだ。登録メンバーは高谷より一人だけ多い六人。全く同じ小規模チームだ。メンバーのうち四人は髪を長く伸ばし、その中の一人は真っ黒のヘアー・バンドをつけていたが、その白いロゴがドクロ模様に見える。彼らがコート上に登場すると、会場の雰囲気がにわかに凍りついた。

高谷中はちょうど次のゲームで顔を合わせる日程になっていたので、周りとは全く異質な集団の動向を、観客席からじっくりと観察できた。このチームは、まずベンチの雰囲気が他とは全く違っていた。コーチは若い男性教師とおぼしき人。見るからにまだ学生のような面影を色濃く残している。まるで自分を見ているような思いにさせられ、広志は他人事《ひとごと》だとは思えなくなった。

そのコーチは、ベンチの端の方でじっと座ったまま腕を組み、コート上のアップの様子を見るともなしに眺めている。しかし、自チームの動きから何となく目を逸らしている印象で、選手に何か声をかけるわけでもない。ゲーム前のアップが終わり、開始三分前になると、普通はコーチの周りに選手が集まってきて、ミーティングがおこなわれる。だが、彼らはコーチを全く無視したまま自分たちだけで円陣を組み、何事か話し合っている。コーチはコーチで、円陣が組まれるとさすがに立ち上がって近くに寄っては行ったものの、結局最後まで一言もかけずじまいだった。それでもゲームは始まった。

この「ブラック・デビルズ」とでも名付けたいチームは、しかし、なかなか動きがいい。個人の運動能力の高さもさることながら、きちんとチーム・ディフェンスに動いている。とくに短髪組二人のうちの一人が、ガードとして見事にゲームを組み立てている。だが、相手チームも隣県で指折りの伝統校。堅いディフェンスで、そうやすやすとは攻撃させてもらえない。すると、肩まで髪を伸ばし、うっすら口髭も伸ばしたガッチリ体格のデビルズ4番が、際どいところでファウルをとられ、怒りを露わにした。さすがに審判に直接食ってかかることはしないが、自分からベンチを指さし、

「おい、交代、メンバー・チェンジ」

と誰に言うとでもなく大声でわめき散らすように叫び、自分からさっさと早足でコートから出て、そのままベンチのパイプ椅子にドカッと腰を下ろし、ふてくされたよ

うにタオルですっぽり頭を隠してしまった。4番の一連の行動を見ていた高谷の連中が口々に、

「何だ、あいつの態度は」

と不満を並べ立てる。荒神コーチも驚いたように目を見開いていたが、4番が勝手にベンチに戻るやいなや、苦虫を噛み潰したような顔になって、

「いかんなあ、ああいう態度は」

とはっきり声に出して言った。そして、その後で、

「周りの大人がしっかりしてやらなけりゃあ」

と付け加えるのを広志は聞き逃さなかった。この4番の行動に後追いする形で、例の若いコーチが審判に向かって急ぎメンバー・チェンジを告げる。審判はコーチに近づき、何事か話す。コーチが平身低頭で謝る姿を見ると、4番の態度に何か苦言を呈されたことは間違いない。

4番の代わりにコートに入ったのは、チームのもう一人の短髪選手。この選手が入ると、あとの四人が申し合わせたようにポジション・チェンジをする。中学生レベルでポジションを自由に入れ代わってプレーできるというのは、実はなかなか難しいこ

とだ。だが、デビルズの選手たちはものの見事に、ごく当たり前のようにおこなっている。どうやら単なるワルの集まりではないらしい。

とくに短髪コンビの連携はなかなか見応えがあり、二人で相手ディフェンスを引っかき回しにかかる。ガードの短髪Aが面白いようにスリーポイントを決め、新しく入った短髪Bもリバウンドに飛び込んで、勝負は拮抗していく。相手チームがタイム・アウトを要求して、プレー中断。デビルズの選手たちもベンチに戻る。

デビルズでは、短髪Aが輪の中心になって選手だけでフォーメーションの確認をしている。例の４番は最初タオルをかぶったままふてくされた態度でいたが、作戦会議の途中からそろりと輪の後ろに加わった。

「選手自身の力はあるんだ。もったいないなあ」

と荒神が呟くのが耳に入る。タイム・アウトが終了になる直前、若いコーチが選手の輪に近寄ろうとして何事か声をかけたその瞬間だ。今まで冷静に作戦板でチームメートに解説していた短髪Aの顔つきが一変し、睨みつけるような目つきになってコーチに何か短い言葉を投げつけた。その姿を見ていた荒神が、

「よっぽど大人が信じられないのか」

と再び独りごちるように言う。思わず広志が見ると、そこには珍しく哀しみとも怒りともつかぬ思いに表情を歪ませている荒神がいた。

タイム・アウトの後、再び4番が入ってプレーを再開する。クール・ダウンできたか、チーム・ディフェンスの一翼を担い始める。デビルズのディフェンスは「2・2・1」（ツー・ツー・ワン）という攻撃的スタイル。相手の保持しているボールを二人一組で奪いに行く。第一陣がダメなら、さらにもう一組が襲いかかってスティールしてしまう。最後まで運ばれたら残りの一人が何とか対応する。リスクの多いスタイルだ。

しかし、すぐれた運動量を誇るチームがこの戦法を用いると、攻める側はプレッシャーから攻撃の方向性を見失い、ディフェンス側が常に主導権を握る形となる。ただでさえ体力の消耗が激しいのに、控えの戦力の薄いチームがこのディフェンスを選択しているということは、やはり個々の能力や体力は相当なものなのだろう。ゲームはデビルズ・ペースで進み、あれよあれよという間に点差を広げていく。

不思議な印象を与えるチームだ。ダーティーなイメージで会場全体を敵に回しながら、勝負には勝ってしまう。バスケの技能に十分に裏打ちされていて、力のあるチームだと思う。

では、なぜチームとしてもっと結束しないのか。指導者に恵まれていないのは見てわかるが、ここまで選手が反抗心剥き出しというのには奇異な印象を受け、痛々しくさえ感じられた。何だか不完全燃焼というか、見ていて周りに楽しい印象は全然与えない。メンバー同士の絡みはあるが、チームとしての一体感というものは感じられてこない。不満やストレスを抱えたまま、八つ当たりの文句を言う相手ばかり探している者たちの集まりなのだろうか。バスケを全然楽しめていない。

「うーん、何だかすごくもったいないなあ」

先刻、荒神が独りごちたのと同じセリフを自分も発しているのに、広志はハッとなった。

そのブラック・デビルズと高谷中が次のゲームで対戦した。このゲーム、牧が主審を務めた。牧はチームづくりを荒神に任せ、自分はもっぱら審判の仕事を通してバスケに貢献している。もちろんふだん、自チームのゲームではベンチに入るのが基本だ。だが、今日は何か思うところあって主審を買って出たようだ。

バスケの審判はとても難しいと広志は思う。たくさんのルールを覚えなければならないことがまず大変だ。しかし、ルールの理解だけでなく、時間をうまく管理しながら、できるだけゲームの流れをこわさないようにコントロールし、つくり上げていくという役割がある。ゲームの流れを簡単に切ってしまわないということは、自身も流れの中に身を置く、つまりプレーヤーと同じように、いやプレーヤー以上に動いていなければならないことを意味する。

広志も練習ゲームで人が足らない時、よくわからないながらに審判に駆り出されることがあったが、バスケの審判とはこんなに運動量が多く、咄嗟の判断が大変で難しいものかと痛感する。だから、年齢のわりに軽やかに動きながら上手にゲームの流れや雰囲気をつくっていく牧や荒神のレフリーぶりに尊敬の念を抱いてやまなかった。

もちろんコート上を動き回る審判だけが審判なのではない。バスケの場合、ゲームに関わらないチームの生徒たちがテーブル・オフィシャル（ＴＯ）という役割を果たし、計時やファウル・チェックなど重要な任務につくことになっている。そして生徒たちは、このオフィシャルの任務をおこなうことを通してバスケのルールやマナーを学び、一人前のバスケット・マンになっていく。

バスケを成り立たせているのは、間違いなくプレーヤーという存在だけではない。審判の役割に思いを馳せながら、広志は強くそう思うようになってきていた。

＊　＊　＊

「2・2・1で行く」

荒神がそう言うと、

「おお」

という、返事とも雄たけびとも言えぬ声が高谷の六人から期せずして同時に上がった。デビルズは相変わらずコーチを蚊帳の外に置いている。

「いいか、大会前最後の練習ゲーム。入学以来二年間の総決算だ。これまで積み上げた練習でやってきたものをゲームで実際に出そう。日頃の練習内容だけを意識しよう」

一人ひとりに視線を配りながら、荒神はゆっくりと大きな声でいつもの話をした。

その自信に満ちて穏やかな表情が、ゲームが始まると鋭いものに変わる。今日のゲームのために何を準備し、練習してきたか。プレーヤーにそれが出せるかどうかだけに関心は絞られる。どんなにヒート・アップしても、選手はこの練習の成果のみを評価の基準に置く荒神の態度を目にすると、次第に心を落ち着かせ、冷静さを取り戻していく。

いいコーチングってのはこういうのを言うんだろうな。

広志はベンチに立つ荒神を見ながら、いつもそう思えてならない。そして、ゲーム中の荒神の毅然とした顔を目にすると、

「いい顔とは自分が少しずつつくっていく年輪のようなものだ」

という、かつて何かのＣＭコピーで聞いた言葉が重なってくる。

ベンチ前のフロアーに立ちっ放しで、まるで六番目のメンバーのようにゲームに同化するコーチもいる。たしかに時には闘争心の権化のようになって選手と一緒になって闘うことが求められるのもバスケのコーチだ。しかし、広志はあくまで冷静に、心の内に静かな青い闘志の火を燃やしてゲームに向かう荒神の態度が好きだった。ゲームが始まれば、鼓舞するアドバイスはあっても、とにかくまず選手一人ひとりの本番

での健闘ぶりを称賛する。たとえミスを犯したとて、決して罵倒などしない。選手はこの人が傍にいてくれれば大丈夫だ。

と心底信頼して、次第に自分を取り戻していく。いつも荒神を核にした厳しくも温かいベンチ・ワークのただ中にいられる広志だからこそ、デビルズのメンバーたちの態度がなおさら残念なものに思われてならない。

メンバーが短いかけ声を揃えてコートに入る。いつもはキャプテン雄一が最初の音頭をとる。ところが今日はなぜか剛が円陣の中心に立ち、仕切ろうとする。お決まりの、

「高谷、ファイト」

のフレーズではない。

「いよー」

まるで一本締めや三本締めの時の気合いだ。

そしてその声に呼応するのが、

「平常心！」

の一言だ。剛は独特の嗅覚というか勘のようなものをもっていて、それにしたがい、時に何も言わぬままにちょっと変わったことをやることがある。今日は相手チームに対して剛なりに感じるところがあって、以前平常心がかき乱されてチームプレーができなかったゲームで試み、予想以上に受けたかけ声を、またやってみたくなったのかもしれない。

今日は一日を通してチームの精神状態も安定しており、何もしなくても平常心で臨める気がしたが、剛は何かを感じて行動を起こしたのだろう。そして、こういう咄嗟の行動にキャプテンはじめ皆がごく自然に対応し、受け入れられるようになってきている。チームとしての大きな成長の証だ。

デビルズは1ピリ最初から激しい当たりで来る。ボールを奪いに来るというよりは、皮膚と皮膚との距離をギリギリまで近づけることでプレッシャーをかけようとしている。ディフェンス第一陣がボールを運ぶ野道にプレッシャーをかけスティールすると、あの4番が正確にレイアップ・シュートを決めた。だが、高谷は早い球出しと縦への強いパスで「2・2・1」の網をかいくぐり、デビルズのペースに持ち込まれない。

これは、ある時期自分たちが「2・2・1」をテーマとして取り組んだがゆえの「2・2・1破り」の動きだ。自分たちがディフェンスのやり方を理解できていると、その打開策も見えてくる。逆におそらく「2・2・1」はデビルズにとっての心の拠りどころで、それが突破されてしまうと、とたんにモチベーションは低下してしまうのだろう。高谷の「2・2・1破り」に4番がしびれを切らしたように、ボールを運ぼうとする野道のユニフォームを掴み、さらには手首を掴むファウルに出る。

「ピー」

と強いホイッスルが鳴り、牧が高く掲げた左手の手首を右手で掴むジェスチャーをし、

「アンスポーツマンライク・ファウル」

とコールした。そして4番に近寄った牧の口が、

「今度やったら失格だぞ」

と動くのが読み取れた。「アンスポーツマンライク・ファウル」、つまりスポーツマンらしくない、バスケの規則や精神に外れたファウルというジャッジだ。このファウルが実際のゲームで取られたのを広志は実は初めて目にした。ルール・ブックにはあ

るが、さすがにそこまでやるやつはいないと思っていただけに、牧のコールは鮮烈な印象を与えた。「アン・スポ」の上に、一発失格という「ディスクオリファイング・ファウル」があるとも聞くが、広志には二回くり返すと退場というファウルで中学生には十分ではないかという気がした。４番は一瞬キョトンとした仕草をしたが、やがてバツが悪くなったせいか、また例の調子でベンチに向かって、

「交代！」

と口走る。そして、スタスタとベンチに戻ろうとする。すると、牧がホイッスルをピピピピピピ！

と小刻みに鋭く吹いて、

「青４番、勝手にコートを出ない。交代はベンチからのコールで」

と告げ、続いてデビルズ・ベンチの若いコーチに対して「テクニカル・ファウル」を宣告した。ベンチがファウルをもらったり、時には悪質な野次を飛ばす応援席に対してもファウルがコールされると聞いたことがあったが、これも実際に見るのは初めてだった。

「コーチは選手の交代の手続きをきちんとおこなって」

牧の声は語気鋭く館内に谺した。会場ではところどころでどよめきとともに拍手が湧き起こっている。観衆は、いつまでも腰抜けのような態度でいる若いコーチにも業を煮やしていたのだろう。

「タイム・アウト」

このタイミングで、荒神が乱れた雰囲気を元に戻すかのように絶妙のタイム・アウトをとる。そして、いつもと同じようにメンバー一人ひとりを労いながらベンチに迎え、まずは小休止させてリラックスを図る。反対に、デビルズ・ベンチの空気は凍りついたままだ。

「ベンチ・ワークという言葉、うちみたいに控えのいないチームには関係ないと思っているかもしれないが、とんでもない。コーチもアシスタント・コーチもマネージャーも、みなチームの大切な戦力なんだ。それが機能しないということは、実は大きな痛手なんだ」

荒神がゲームのプレーの展開に直接関係しないことをタイム・アウトで口にすることは珍しい。しかし、チームが何を意図してこのゲームに臨んでいるかを知る高谷のメンバーは、荒神の言葉に大きく頷いていた。

「よし、2・2・1はやめて、ハーフ・マン・ツー」

ディフェンス変更の指示だけつけ加えて、荒神はあご髭をさすりながら、じっとデビルズ側のベンチの様子を窺う。

デビルズ・ベンチは連続の重いファウル宣告に意気消沈し、選手だけでのミーティングもおこなわず、全員ベンチに腰掛けたまま放心状態になってしまっているようだった。

高谷のメンバーはこのゲーム、これまで以上によく声を出した。プレーヤー同士が会話する場面、そして、自分からパスをもらいに動いて、その要求を具体的な声で示す場面が数多く見られた。高谷のメンバーはメンバー同士でバスケを実に楽しんでいる。まさに対照的であるがゆえに、広志にはデビルズがいっそう痛々しく思えてならなかった。

＊　＊　＊

一日の練習ゲームが全て終わり、会場の片付けも終え、帰りのバスに乗ろうとしたその時だ。荒神、牧、広志が並んで立っているところへ一人の女性が近づいてきた。さっき対戦したデビルズの応援席に見えていた揃いの紫色のTシャツ姿だ。どうも若い母親とおぼしき女性だ。

「今日は遠いところまで来ていただき、ありがとうございました。お疲れ様でした。それから先ほどは子供たちに大切な教えをいただき、ほんとうに、ほんとうにありがとうございました」

とそこまで一気に話したところで、女性は急に嗚咽を漏らし、泣き声になった。

「あの子たち、ほんとうは力があるんです。とっても素直ないい子供たちなんです。でも、ミニ・バス時代からずっと教えてくださっていた先生が亡くなってしまって。心の支えを失って、それからダメなんです。ああなってしまったんです」

母親は再びしゃくり上げる。

「宇野《うの》さんですね。宇野建造《うのけんぞう》さん。ミニで全国まで行ってましたね」

荒神がそう言うと、

「えっ、ご存知だったんですね、宇野コーチのこと」

「ええ、すばらしい力をもった名コーチでしたからね。何度かお話ししたことがありますよ」

　牧がその後につけ加える。

「あの子たちが全国レベルを経験したことのある力量だということはよくわかりますよ。ほんとうにいいものをもっている。だが、バスケは技術だけではやっていけない。精神面の支えが失われてしまったままなのが切ない」

「そうなんです。心の問題がどうにもならない。解決できないんです。宇野先生の代わりになってくださる方がいらっしゃらない」

　そう言うなり、母親は再び嗚咽を漏らす。

「バスケというのは、ほんとうに積み重ねなんです。一朝一夕で形になるものではない。その積み重ねを正しく導く者が必要となるんです。子供たちは遊びじゃない。本気だ。だからその本気に応える者がいないと、糸が切れた凧のようになってしまう。誰が話してもいい。誰か大人がメンタルを支えていかなければ。若い先生だけに任せないで、若い先生を保護者が支える形だってできるはずだ。口で言うほどそう簡単ではないことはわかっていますけれどね。周りが必死になれば何かは通じますよ、彼らには。そうやって伝えていかなければ」

　荒神がそう言い、その後、腕を組んでじっと両目を閉じた。

「人と人との信頼関係なんてそう簡単に築けるものじゃない。でもね、何かを為さない限りは変わらない。逆に、何かを為せば変わり始めるものなんですよ。そう信じていかないと。ここは周りの大人が一致団結して、彼らに人を信じることの嬉しさをもう一度思い出させてあげましょうや。いかがですか」

　牧が荒神の思いまで籠めるかのようにそう言葉をつなげる。母親はまた一頻り嗚咽した後、しかし吹っ切れたような笑顔を見せて正面から三人を見た。

「ありがとうございました。ほんとうに。今日ここに来て救われた思いがしました。あの子たちをあのままにしておいてはいけないと思いながら、踏み切れない自分たち親がいました。でも、ゲームの後でほんとうに久しぶりに人の、大人の人の話を真剣に聴く子供たちを目にして、何か光が射し込んできた気がしたのです。ありがとうございました。どうかお気をつけてお帰りください」

　そう言うなり母親は踵を返し、走って立ち去った。一刻も早くチームに戻らんとするかのように。

第3ピリオド　決戦

その1　いきなりの再戦

いよいよ県大会の日を迎えた。高谷中は昨年に続き二年連続で地区大会と南信州大会を勝ち抜き、晴れの舞台へと駒を進めた。

昨年は卓越した才能をもつ小沢アキラがチームを導き、県の舞台でも見事一勝を挙げた。そのチームのうち四人もの先発メンバーが残ったのだから、普通なら新チームも期待できる。しかし、事実上チームを成り立たせていた大黒柱の司令塔アキラがいなくなったことは大きかった。アキラ抜きで県に出場できたこと自体が「奇跡」だとさえ言われた。

しかし、それは果たしてほんとうに「奇跡」などという代物であっただろうか。荒神は、牧は、そして広志は、バスケが奇跡によって番狂わせ的な結果をもたらすスポーツとは思わなかった。その「奇跡」だと称される結果を生んだたしかな過程が前提にあるということを大切に考えたかった。

むしろ、卓越した一個の才能に頼ることなく、ごく平均的な力の持ち主たちが己を磨き、その磨かれた個性の結集がなされるからバスケは愉快なのだ、と高谷の三人の指導者たちは信じていた。例えば、高谷の進撃の一つのポイントにガード大原野道の急成長があることに異論を挟む者はいないだろう。ゴールデン・ウイークでの負傷退場、そして桃子の登場以来、野道はそれまでとはまるで別人になったかのような変貌を遂げていった。

しかし、ひとり野道の成長のみでは、地区大会から南信州大会へと続く過程で、つごう六勝を挙げて四位通過することはあり得なかっただろう。地区大会の優勝を含め、この六勝という結果をもたらした一つ一つのゲームの中で、メンバー全員がたしかに成長したことがどのチームより顕著であった、と言うべきだ。

南信州大会での二敗は手痛いものではあった。けれど、その敗戦さえもが、その歴史を閉じるに際し、

「今年のチームが最後にして最高のチーム」

とやがて評されるようになる意味ある通過点と言えるのだった。

県大会では、昨年の一勝に並ぶことがメンバーの掲げる目標だった。だが、初戦の相手、それがなんと北信州ブロック一位の黒丸東部中となった。

ゴールデン・ウイークの遠征後、高谷と東部は練習ゲームをしていない。タイミングのよい再戦を模索しているうちに本戦の時期を迎えてしまったのだ。ゴールデン・ウイークの時通りの再戦にはもちろんならない。だがしかし、両チームの選手たちは、お互いにこの一戦をやはり渇望していた。東部の五十人をゆうに超える部員たち全員は、あのゴールデン・ウイークの口惜しさを勝利で晴らしたかったし、高谷の五人のバスケ小僧たちは、今度こそ桃子抜きで東部に渡り合いたかった。桃子の力がなくても自分たちはやれることを証明したかった。

＊　＊　＊

黒丸東部中キャプテン黒崎雄治は、県大会が近づくにつれ、いや、あのゴールデン・ウイークの高谷戦以来、自分の心の中に棲みついてしまった複雑な感情を飼いならすことができず、もがいていた。

手も足も出せずシャット・アウトされてしまった高谷戦の夢を何度も見てうなされた。夢の中では、コート上の至近距離で対面した小沢桃子の、その浅黒い皮膚の色に隠された整った顔立ちがどうしようもなく大きくクローズ・アップされ、間近で感じた桃子の激しい呼吸音とその吐息が迫ってきた。そして、敗戦のベンチに挨拶に来た後、駆け去って行く前に見せた桃子の笑顔の真っ白い歯の輝きが、くり返しくり返し蘇ってくるのだった。

今日の公式ゲームに桃子が選手として出場することはない。だが、自分もチームも、桃子の存在を無視して高谷に向かうことはできない。絶対出場することのない桃子と無意識に闘わなければならないこのプレッシャーの正体は、いったい何なのだろうか。

＊　＊　＊

ゲーム開始前のアップには、いつものように桃子も参加した。が、人数のいない高谷とすれば、ボール出し、ディフェンス役など、マネージャーにはやることが山ほどあり、いつもの練習ゲームの時のように全てのアップ・メニューにプレーヤー同様に参加するわけにはいかなかった。

さらに公式大会の当日となると、メンバー表の提出やスコア・ブック記入の準備などの重要な役割もあるし、ユニフォームや飲み物の世話なども全部が彼女の仕事だった。てきぱきと秒感覚、分単位で動き回る姿は、まるでゲーム中さながらの俊敏さだ。広志もできるだけ桃子の負担を減らすように手伝った。さすがの桃子も仕事を一人でこなすのは厳しかったようで、広志の手助けを快く受け入れて、

「ありがと、広志先生。助かります」

と殊勝に頭を下げた。広志は何だかひどくくすぐったい思いがした。


ゲーム前、東部の三輪コーチが高谷ベンチに来て、荒神と牧と握手を交わす姿がコート上にいた広志の目に留まった。旧知の仲の三人が集うことが、厳しい勝負前のはずなのに何だかほのぼのとした感じを与えた。そして、それを遠くから眺めるだけの自分の位置のようなものを少し寂しく自覚した。すると、なんとその三輪がわざわざコートの中の広志のところまで近寄ってきて、

「よろしく」

と言いながら握手を求めてきた。驚きの感情の中で、三輪の大きな体格に比べてのその手の小ささが広志には意外に思えた。そして、その掌がずいぶん温かく感じられた。

「よろしくお願いします」

広志は思わずもう一つの掌も重ねながら、深々と頭を下げた。三輪は少し驚いたような顔をした後、軽い苦笑を浮かべてベンチに小走りで戻っていった。

バスケのゲームを見る場合、階上の観覧席から見る形が多い。つまり、俯瞰《ふかん》的に見るわけだ。たしかにこの見方は全体の動きを見渡せるから、ゲームの流れや展開がわかりやすい。しかし、プレーヤーと同じコート上で、同じ視線の高さで、しかも近距離から見る迫力にはかなわない。

広志は練習ゲームなどでビデオ撮影を任されることが多く、どうしても階上からの観戦が多くなるが、できればベンチという特等席で、ライヴでプレーやパフォーマンスを追いながら、自分もプレーヤーと一体感を味わいたいと思っている。

バスケは高さが命のスポーツだから、上から眺めていてはその高さの迫力も消え失せてしまう。フロアーに近い視点で立体的なプレーを目に焼きつけるこのベンチの特権というのが、実はこたえられない。

公式ゲームでは、コーチの荒神、アシスタント・コーチの牧、そしてマネージャーの桃子と共に、広志もチームの引率責任者としてベンチに入る。多くの部員のいるチームと違い、控えの全くいない高谷中のベンチは何とも寂しい限りだが、人数が少ないとはいえ、コート上とベンチが一体化できるゲームの雰囲気というのは、バスケというスポーツのもつ最大の魅力だ。

それに今日は、あの「ドレッド君」こと三野唯志先輩とコリン・ロバーツ先生も、貴重な時間を割いてベンチ裏の応援席に陣取ってくれるはずだ。


先発メンバー五人同士がセンター・サークルで向き合う。拳を口元にもってきて軽く咳払いする者、思わず武者震いする者、張りつめた空気がビンビンに伝わってくる瞬間だ。高谷中・村松雄一、黒丸東部中・黒崎雄治の両キャプテンが、軽く握手すると、

「5番、マーク」

「６番！」

など両軍選手の声が我先にと激しく飛び交う。双方が自分のマークする相手のユニフォーム・ナンバーを声高に叫んで、役割がかぶらないように周りにアピールしながら確認している。

そして、紺のユニフォームの東部、真っ白いユニフォームの高谷のスタート・メンバーがコートに散る。レフリーの頭上に掲げられた右手からボールが空中にフワッと浮き上がる。空中でフリーになったボールに一刻も早く触れんとしてジャンプに行く堤剛と梅田慎司《うめだしんじ》の両軍センター。身長は梅田が十センチほども高い。が、なんとファースト・タッチしたのは剛の方だ。

この時、荒神はベンチで、入部当時の一年生の剛を感慨深く思い出していた。今でこそ百八十センチ近い長身センターとして、文字通りチームの大黒柱に成長した剛だが、入部当時の身長は他のメンバーとさして変わらず、何よりも横のサイズの方が立派だった。バスケ部よりは相撲部が似合う体型だった。当然バスケの激しい動きについていけず、すぐにアゴを出す始末。甘いものが大好きで、清涼飲料もがぶ飲み。オール・コートを使ってのスリー・メン練習では、いつもチームの足を引っ張った。

しかし、ノロノロとではあるが決して諦めないその態度には、チームメートも次第に拍手を贈るようになっていた。そして、彼のもつ天性の明るさはチームのムードも明るくし、二年生になって急激に身長が伸びるとともに、体力にもプレーにも自信をもち、チームプレーのカギを握る男になった。

その剛が、膝を深くかがみ込んでからの力みのないジャンプでボールをバック・コートの野道へ軽く弾いて渡す。野道がキャッチ。素早くドリブルで運んで、先を走る東山健吾に矢のようなパス。キャッチして健吾、すかさずミドル・シュートを放つ。が、残念、力んでしまったか、これが惜しくも外れ、リバウンドは黒丸の手へ。

黒崎、得意のスピード・ドリブルで逆速攻を仕掛ける。黒崎のバネの利いたドリブルは、まるで去年の高谷中キャプテン小沢アキラを彷彿させる。高谷、マン・ツー・マン・ディフェンスで対応するが、県ナンバー・ワンのポイント・ガード黒崎が早いタイミングでシュートを打つ。これは外れるも、同じく県ナンバー・ワン・センターと目される梅田が高さを生かしてリバウンドをしっかりと確保。そのまま押し込んで先制だ。高谷のジンクス。どうしてもゲームでのファースト・シュートが決まらない。

このファースト・シュートを外した健吾も、一年時は剛と似たようなあんこ体型だった。剛と健吾の二人の新入部員の印象で、高中バスケ部はバスケ部という感じが一気にしなくなったことを、荒神は昨日のことのように思い出す。しかし、健吾は、負けん気だけはピカイチ。ゲーム中であっても、ミスをするとあたり構わず涙を見せて悔しがり、その姿にチームもどれだけ鼓舞されたかわからない。この健吾も身長が伸びるのと比例するかのようにバスケの技術が向上し、持ち前の口八丁ぶりも洗練され、ひるまない高谷のメンタルの部分をしっかりと支える存在になった。

次の攻撃、野道が素早く展開。自陣からロング・パスを剛に合わせて、あっと言う間に同点。お互い一歩も引かぬ立ち上がりだ。黒丸の攻撃はいつも通り速いテンポ。黒崎・梅田のホット・ラインですぐに加点。両チーム、流れるようなパス連携で、見ていて小気味よい。

次のゴール、野道が運んで自らスリーポイントを放つが、これが短く、すぐに黒丸の主軸コンビに逆速攻で運ばれ、痛い連続失点。次のプレーも、駅の強引なシュートがこぼれ、ボールは相手に。

駅は一年当初から研究熱心な男で、練習ゲームの後で荒神に提出される「部活ノート」には、緻密なプレー図が描かれ、動きを俯瞰的に理解できる長所をもっていた。しかし、時々理屈では量れない強引さも露呈してしまう。

駅のシュート・ミスを黒崎が素早く拾い、スモール・フォワード寺原秀悟《てらはらしゅうご》に捌き、すぐに追加点。高谷、シュート・ミスの連続で自滅し、一気に黒丸ペースに進むか。が、野道は次の攻撃でポストの剛の脇腹を掠《かす》めるように自ら切り込んで、レイアップ・シュートに行く。

「自分で打ってこないガードは全然怖くない。ただの弱っちい蠅のようなもの」

という早朝の秘密練習での桃子のあの叱咤が、ゲームになると野道の耳にまさに蜜蜂が飛び回るようにワンワンと蘇る。野道の鋭いドライブにつられるように黒丸ディフェンスが思わず手を出して、ファウル。シュートは外れるも、貴重なフリー・スローを手にする。だが、野道、これを二本とも外してしまう。あれだけ練習を積み重ねてきたフリー・スローだが、大会本番の緊張は、やはり甘くない。

フリー・スローのシューターは、誰にも妨害されることのない、安全に守られた自分だけのスペースを与えられる。気持ち的には楽なはずなのに、この、一人全く「自由」であることが、逆に自分の内に何とも言えぬ強いプレッシャーを生む。自由なるがゆえの苦痛。妨害がない無風状態であるがためのプレッシャー。ああ、バスケとはどこまでも人間を試す。人間の弱い心を鍛える。

一瞬野道に、連続失敗で沈み込んでいったかつてのいやな思いがこみ上げかける。だが、気持ちを瞬時に切り替えて失敗を後に引きずらなくなったのが、彼の最大の成長だ。

「戻れ!」

という声を出しながら、ディフェンスへの素早い切り替えを自ら率先して、自陣を固める。

切り替えの早さでは黒丸もひけをとらない。ディフェンスから一転、黒崎が運びながら味方の攻撃参加を待って、高谷ディフェンスの穴を探す。以心伝心、好調寺原が高谷の隙に鋭く切り込み、パスをもらうやレイ・アップを鮮やかに決める。

開始三分で10対2。どう見ても黒丸ペースの展開。黒崎は梅田をうまく囮に使い、高谷ディフェンスを引きつけ、スペースに動く寺原にパスを出す。心憎いばかりの演出家だ。高谷の攻撃はまたもシュート・ミス。黒丸、逆速攻。梅田が仕掛けたシュート・コースに真っ正面からディフェンスに入った駅が、誘われるようにファウル。バスケット・カウントとなり、得点と同時にサービス・スローも一本与えてしまう。ここでたまらず、高谷荒神コーチが最初のタイム・アウトをとる。

タイム・アウトにベンチに戻ってくるプレーヤーたちは、まるで1ラウンドを終えたボクサーのようだ。ドカッと椅子に座り込み、スポーツ・ドリンクを口にする。体から湯気が濛々と立ち昇り、周囲の空気が激しく揺らいでいる。

桃子と広志が団扇《うちわ》やタオルで、さかんに風を送る。わずか二分間という短いインターバルしかないが、荒神は焦らず時を待ち、落ち着いたところで、床に両膝をつけてプレーヤーと同じ視線の高さになる。そして五人全員の顔を一人ずつゆっくりと見渡してから、初めて言葉を口にする。

「バタバタしすぎだ。いつもの練習通り、淡々とプレーしよう。ディフェンスは正面からぶつかりに行くのではなくて、相手をサイド・ラインとの狭いスペースに誘導すること。ディフェンスは足でしよう。フットワーク。さあ、次のゾーンの確認だ」

間をとりながら、ゆっくりそう言うと、スケッチ・ブック大の白いボードを取り出し、カラー・マグネットを動かして、各人のゾーン・ディフェンスの位置を確認。相手の動きを予想して、対応を伝える。具体的な動き方だけをシンプルに示す。相手の攻撃への対応策がタイム・アウトでの基本的なアドバイスだが、時によって相手のディフェンスをこじ開ける動きも授ける。

多くを語らず、できるだけ端的に一つのことを伝達する。闘争中で昂ぶった状態にある者に、あれこれ言っても伝わらない。ただ、荒神の指示が出終わった後、牧が駅の傍らで何事かを耳元に囁く。チーム全体の意思統一のための指示は荒神が出す。そして個人、それも課題を抱えてうまく波に乗れていないプレーヤーに対しては必ず牧のフォローがあった。荒神と牧、この二人が補い合ってこその高谷のベンチ・ワークだ。

タイム・アウト後、黒丸はサービス・スローは外すも、すぐさま高谷のパスをカット。高谷は最初ディフェンスをゾーンに変えて臨む。ゾーンとは、いち早く自陣に駆け戻り、全員で網を張るように堅固に守るスタイルだ。しかし、相手黒崎があざ笑うかのように、憎らしいほど簡単に、このゾーンの外からスリーポイント・シュートを決める。15対2、点差は追撃圏内と言われる3ゴール6点をはるかに超える13点。次の高谷の攻撃も黒丸センター梅田がブロック。高谷は逆襲の糸口がまるで見えてこない。だが、ここで高谷キャプテン、シューター雄一が、鬱憤を晴らす意地のスリーポイントを鮮やかにねじ込む。

雄一も野道同様、去年の名キャプテン小沢アキラとの比較にずっと苦しんできた。アキラのようにプレーそのもので有無を言わさぬ説得力を発揮できるわけではない。では自分なりのキャプテンシーをどう発揮したらよいのか常に悩んでいる。もともとが寡黙な男だけに気の利いた言葉も上手には生み出せない。であれば、いかなる場合も荒神コーチの指示を自分がまず率先して実行し、キャプテンとして絶対弱音だけは吐くまいと心に決めた。そして、その不言実行ぶりがチームメートに受け入れられ、雄一も次第に自信を得ていった。

その雄一のスリーポイント成功の後、荒神のベンチからの指示で、それまでのゾーンから前線で相手にプレッシャー（圧力）をかけるプレス・ディフェンスにスイッチ。ここまできて高谷のディフェンスの足がようやく動き出す。ディフェンスの活性化は必ずや攻撃の流れもスムーズにする。相手のシュートのこぼれ球を奪って、即座に最前線へ。走り出していた剛が珍しくスリー・ポイントを決め、ペースのきっかけをつかむ。プレスが利き出すと、相手のシュートも乱れ出す。

バスケとは実に繊細なスポーツだ。心のバランスが、ちょっとしたきっかけで大きく波打ち、平常心を欠くプレーにつながりもする。それだけ、対する相手との一対一の張りつめた勝負を強いられているのだ。チーム・スポーツではあるが、それはまさに「五人でやるボクシング」とでも言うべきものだった。

こぼれ球をていねいに拾った高谷、野道経由で再び剛に。連続のスリーポイント成功。剛のバスケ・キャリア史上、前代未聞の快挙だ。逆に黒丸の好調寺原はスリーポイントを外し、流れは一気に高谷へ。だが残念、駅のシュートはこぼれ、黒崎・梅田ラインの自信溢れる逆速攻が流れを容易に変えさせない。寺原がダメなら梅田でと、咄嗟の切り替えが黒崎の非凡さだ。対する高谷は、駅のメンタルの弱さが気になる。

だが、高谷は、ガード野道が決してひるまず、ゆっくりとパスを回しながら攻撃の展開を探る。ゴールデン・ウイークに黒丸を翻弄しきった桃子の姿がダブって見える。ここで健吾がディフェンスの裏をかいてゴール下にスルスルと入り込み、野道からピンポイント・パス。タイミング、ドンピシャでゴール成功。おまけに相手のファウルももらってバスケット・カウント。まるで忍者のような俊敏な動きには、相手に余分な動きを起こさせるおまけがつく。17対12と点差はまだまだ。だが、内容的には互角に近づきつつある。健吾、サービス・スローを見事に決め、さらに勢いづく。

この後、黒丸がミスを連発。得点が止まる。高谷の体を目一杯使ったディフェンスの勢いに黒丸が押されているからだ。高谷ディフェンスは、足が実によく動く。まるでボクサーのようなフットワークのリズムが心地よくフロアーに刻まれる。

思えば、この二年間、高谷の練習時間の多くはフットワークに費やされた。ボールを持たないフットワーク練習など何の役にも立たないと嘯《うそぶ》く指導者がいる。たしかにフットワーク練習が形ばかりのものとしてくり返されれば、逆効果も生むだろう。しかし、体の正しい使い方を体得していない未熟な中学生に、きちんと狙いをもったオフ・ボールでの動きを教え、習慣化することは重要だ。

荒神は二十以上に及ぶフットワーク・メニューを大切に扱って、とくにディフェンスに生かすフットワーク練習は毎日厳密に目的をチェックしながら積み上げてきた。

ゲーム前、アップでのフットワーク練習の質が自分たちより低く、雑であると、高谷の選手はそれだけですでに勝負優位に立ったような気持ちになることがしばしばあった。気をつけなければ奢りにつながる心の動きではあるが、練習成果の質の違いの自覚は、バスケに取り組む真剣さの度合いにも結びつく。これは部員が大挙して集っている数の迫力に抗するためにも、少人数の高谷には絶対になければならないものだった。

高谷の攻撃、打ち損じたシュートのリバウンドに入った剛が、相手からファウルをもらう。今日の剛、献身的なプレーに徹している。なんとフリー・スローを二本とも鮮やかに決め、あれだけあった点差が2点差に。シュート・フォームもまるで別人のように美しく理にかなって見えるのが不思議だ。

その後の黒丸の攻撃にも、素早く戻った剛の他、プレーヤーが次々ゴール下に飛び込み、リバウンドを奪い取る。高谷の五人の静かな闘志が、ジワジワとゲームを支配し始める。

高谷は実によく動き回り、ディフェンスの手を決して緩めない。交代要員もなく、フル・タイム自分でやるしかないと自覚しているがゆえ、二年間で肉体的にも精神的にもずば抜けたスタミナが培われてきているのだ。相手シューター北川大地《きたがわだいち》に左四十五度からのスリーポイントを一発見舞われはしたが、高谷の勢いは止まらない。高谷ペースを恐れた黒丸三輪コーチが、5点リードながら残り十秒でタイム・アウト。これ以上点差を詰められないためにマン・ツー・マン・ディフェンスの指示を徹底する。

この指示がうまく利き、高谷は追加点を奪えず、15対20の5点差で第1ピリオドは終了した。点差以上に内容は拮抗。桃子の入ったゴールデン・ウイークの遠征試合の時とは違い、高谷のバスケ小僧たち一人ひとりに、格段の自信がついているように見えた。

二分間の短い休息の大半、プレーヤーは放心状態だ。いったんコート上の緊張を解いてやらないと、次の緊張を受け入れ、維持することができない。ここではうまいタイミングで、たった一つのピンポイント・メッセージさえ選手たちにきちんと伝われば、コーチの手柄だと言える。

第2ピリオド開始。ハーフ・ラインから黒丸ボールのスロー・イン。黒崎が巧みにボールを回し、最後は自ら切り込んであっと言う間に先制。だが、ガードにはガードで勝負。今度は野道が思い切りよく持ち込んでシュート。黒丸たまらず、ファウル。

野道、フリー・スローを確実に一本成功。

高谷はスタートからオール・コートのプレス・ディフェンスで黒丸を封じようと動く。黒丸、黒崎・寺原のコンビでプレス・ディフェンスを切り裂き、ゴール下まで運んで打つも、バランスを崩し、リバウンドは高谷へ。高谷、速攻からゴール下の剛に。黒丸ディフェンスの手が出てファウル。このフリー・スローをまたもや二本とも決める剛。文句なく絶好調。だが、黒丸も黒崎が梅田・寺原の攻撃を使い分け、高谷の強固なディフェンスを揺さぶって、最後は寺原がミドル・シュートを決める。18対24の6点差に。


その後、ミドル・シュートの応酬。だが、どちらも外して無得点。膠着状態の中、剛がリバウンドを譲らず、最後は雄一にパスを通してスリーポイント成功。高谷いよいよ3点差まで肉薄だ。その追撃を振り払うかのような黒丸、寺原の個人技。鋭いカットインで、再び5点差に。

ここで高谷の攻撃に黒丸ディフェンスがファウル。三輪コーチ、たまらずタイム・アウト。高谷のプレスにあって黒丸はミスが続出、いつもほど得点が上がらないのを打開するため、作戦板を使ってオフェンス・フォーメーションの再確認だ。

再開後、高谷エンドからの長めのスロー・インを受けた剛が、ちょうどフリースロー・ラインからミドル・シュート。難なく決まって、また3点差に。この後も高谷全員による粘り強いラバー（革）のようなディフェンスを黒丸はこじ開けられず、外から打っては高谷のリバウンド網に引っかかる悪循環。どこまでも足を止めない高谷ディフェンスは、相手ボールを何本もスティールしてチャンスをつくる。

両者、シュート・ミスの連続の後、しつこい内側のディフェンスを避け、ようやく黒丸シューター北川が右エンドから決めて5点差に。黒丸苦戦の主因は、長身梅田にディフェンスが利いていること。梅田にボールが渡ると、高谷ディフェンスがピラニアのように近寄って仕事をさせない。

しかし、ここで、梅田を避けたパスを受け、伏兵甲斐《かい》竜《りゅう》太郎《たろう》が体勢を崩しながらもシュートをねじ込む。高谷、23対30と再び突き放される。荒神コーチ、前半二回目のタイム・アウト。

我慢比べの時間帯。このタイム・アウトはメッセージを伝えるというよりは、しばしの休息の意味が大きい。桃子と広志が必死で風を送る。クール・ダウンの時間を少しても有効にしたいと、二人とも独楽鼠《こまねずみ》のように動き回る。が、結局このタイム・アウトも奏功せず、再開後、剛のゴール下ファウルで相手梅田がフリー・スローを一本決め、点差は8点に開いてしまう。高谷も駅がファウルをもらい、フリー・スローを一本決めるものの、残り二十秒。相手黒崎が見事な個人技でゴール下に迫り、鮮やかなバック・シュートを決めてチームを勢いづかせる。

高谷も決して諦めず、残り十五秒で自ら切り込んだ野道がファウルを奪い、フリー・スローをようやく二本とも決め、意地を見せる。今まで体育館で、自宅の庭で、何万本と打ってきたフリー・スローの本数が、やっとここで野道の肩を押してくれたが、残念。反撃もここまで。試合巧者黒丸は、最後の十秒を巧みに使い切って高谷の得点を絶ち、7点差のまま前半を終了した。

その2　白熱の後半戦

後半が始まる。バスケは3ピリの入りが勝負の分かれ目と言われる。前半に二ケタ以上の得点差があったとて、第3ピリオドをどう戦うかで勝負の行方は大きく変わる。

前半戦の様子を見て作戦を修正するだけの時間的余裕も十分間のハーフ・タイムにはある。

いつのゲームでも、このハーフ・タイムの中間の四分間を使ってのミーティングで、荒神は後半の展開を示す。

「君たちは実によくやっている。とくにリバウンドの支配は最高の出来だ。あくまでもこれを続けること。ディフェンスでは、簡単に相手に打たせない。シュート体勢に必ずプレッシャーをかけること。桃子さん、それぞれのデータを詳しく伝えてやって」

荒神の言葉を受け、桃子が例の甲高い声を少し抑え気味に、落ち着いた口調で前半戦のチーム・リバウンド獲得数をディフェンス・リバウンドとオフェンス・リバウンドに分けて伝え、個々のスティールの数も詳しく述べる。そして最後にシュート成功率の各自のデータを添える。皆、シューズの紐を縛り直したり、ユニフォームをパンツに入れ直したりしながら、桃子の示すデータを冷静に受け止めているのがわかる。

「結局はリバウンド獲得での頑張りがゲームを成り立たせている。しぶとく、諦めず、どっちつかずのルーズ・ボールを一つずつものにしていこう。タイム・アップの時、

1点差で勝っているのが理想のバスケットだ」

アシスタント・コーチの牧が、荒神とはちょっと違った角度から訓辞する。そして最後に広志が、

「みんな、今日、文句なくカッコイイぜ」

と思いの丈を短く伝える。

この時、オフィシャルにスコア・ブックの確認に行って戻ってきた桃子が、メンバーそれぞれに具体的なケアを指示する。

「剛、今日完全に運動量過多だから、後半足がつってくるはず。スポーツ飲料で電解質補って。それから岩塩。岩塩一舐めしといて」

「野道は古傷にコールド・スプレー」

と言いながら、野道に向けてスプレー缶を手早くパスする。

「若干炎症あるでしょ。何なら手っ取り早くマムシ使う？　極上の十年物」

このやりとりにはメンバー一同がドッと湧いて、ベンチの雰囲気が一瞬にして和む。

当の野道は右足首にコールド・スプレーをこれでもかと吹きつけ、

「勘弁してくれよ」

と真顔で叫びながらコートの中に逃げ込んでいく。

いよいよ後半、第3ピリオドの開始。ハーフライン・サイドからの高谷のスロー・インだ。健吾からのパスを受けた野道が果敢にファースト・シュートを狙うも、こぼれて黒丸ボールへ。両者ゾーン・ディフェンスでの立ち上がりだ。黒丸も連続してスリーポイント・シュートを放つが、いずれも外れて、最後は高谷ボール。野道が高速ドリブルで持ち込み、ゴール下へうまく入り込んだ剛へパスを通し、先制。剛、後半も動きは好調だ。

高谷は前半とシステムを変え、「3－2」のゾーン・ディフェンス。黒丸のお株を奪う状況に応じた多彩なディフェンスを身につけている。しかし、黒丸北川が角度0度からスリーポイントを見事に決めて、すぐ挽回。高谷も再びポストに入った剛がゴール下で鋭いターンを見せてレイ・アップ。相手の県選抜センター梅田に全くひけをとらぬ今日の剛の活躍ぶりだ。

剛成長の最大のカギは、コリン・ロバーツ先生とのマン・ツー・マンのゴール下特訓にあったと荒神は見る。ゴール下のポジション取り、そして相手を振り切るための数種類のトリック・ターンを、コリン先生は手取り足取り一つ一つ剛に教えた。まるで自分の代役として剛を立て、自分自身がバスケをするかのように。そして剛は乾いた砂地が水を含んでいくように、コリン先生の技術の全てを吸収しようとした。

剛は、かつてコリン先生が練習の時に言った言葉が忘れられない。心の支えとなっている。それは、

「センターは削られるポジションだ。身を削ってゴール下を死守している。センターは真の勇者だ」

という悲痛だが、強い叫びだ。

バスケは非接触が原則だ。しかし、現実は、とくにゴール下の攻防は、ユニフォームを掴んだり、直接体をぶつけ合わせたり、まさしく肉体の削り合いに他ならない。その激しい攻防を凌ぎ、勝つためのハートとスキルとを、コリン先生は身をもって剛に授け続けてきた。その成果が今、剛の中から漲《みなぎ》り、迸っているのだろう。

後半戦序盤、黒丸で前半大活躍の寺原も相変わらずの好調をキープ。すぐさま切り込み、鋭いドライブ・シュートで加点。なかなか点差が縮まらない。

高谷の攻撃、剛がなんとガードばりにボールを捌いて、健吾に見事なラスト・パス。健吾、うまく合わせてゴール成功。全く今日の剛の活躍ぶりは、昨年のアキラの姿が重なって見えるほど、オール・マイティーそのものだ。

その剛に触発されたか、続いて健吾が貴重なスリーポイントで差を縮める。波は確実に高谷に来ている。だが、ここで黒丸も黒崎からの速いパスでシューティング・ガード甲斐がレイ・アップ成功。35対40の5点差だ。

次の攻撃で剛が、後ろにフェード・アウトしながらシュートする似つかわしくもないハイ・テクニックを決める。とにかく当たっている今日の剛。しかし、黒丸、すかさず甲斐がスリーポイント・シュート成功。高谷の追随を許さない。

甲斐といい、寺原といい、北川といい、ゴールデン・ウイーク当時は黒崎・梅田の二枚看板に大きく見劣りしていたのが、今では誰もが二人に遜色のない働きをしている。そして、それぞれがそれぞれの役割を意識し、持ち味を十二分に発揮しているところが恐ろしい。

それでも高谷、剛がミドルを連発。4点差に詰め寄る。惜しみなく足を動かし、リバウンドやルーズ・ボールに挑もうとする高谷の気迫が、ゲーム中盤からコート上に溢れている。

　黒丸のシュート・ミスを拾って、野道が今度は雄一に展開。雄一、左右の足を交互に大きく切り込むようにステップしてゴールに接近、見事カットイン・シュートを決める。ここでついに1ゴール差に。

　さらに次のプレーで黒丸梅田がチャージングをとられ、四つ目のファウルでベンチへ退く。ファウルを五つとられたら、即退場だ。3ピリでエース・センターを欠くファウル・トラブルの展開は、予想もしなかったこと。それだけ直接対峙している剛が頑張っていた証拠だ。チャージング・ホイッスルの瞬間、剛が身をかがめつつ小さく右手でガッツ・ポーズをとるのを、応援席のコリン先生は見逃さなかった。

　当然ここで、黒丸三輪コーチがタイム・アウト。あと一歩で追いつくところまで迫った高谷は一気にゲームを逆転したいところだが、はやる心を抑えるように荒神は冷静に間をとっていく。それにこのタイム・アウトは、攻め続けて運動量が上がっていた高谷にも大きな恵みだ。

「君たち、まだオフェンス練習でやってきたことをゲームで出していないとは思わないかい」

そう荒神はメンバーに問う。

「今日のゲームは何がテーマだったのだろうか。どんな練習成果の発揮の場として今日のゲームはあるのだろうか」

この問いが、いつもメンバーを冷静に戻す。たしかに今、勢いはある。勢いでゲームをひっくり返すことも可能な雰囲気だ。が、勢いはいつまでも続かない。バスケのどんなゲームでも、ゲーム中に双方のチームに必ず波は来る。好機と難局が平等に、交互に訪れる。この好機を生かし、難局を凌ぐことを忠実におこなえた方が勝負を制する。

そして、この忠実なプレーを支えるのが、ゲームでの狙いであり、それを実現するために何日も積み重ねてきた練習メニューだった。目先の勝負ではなく、自分たちの求めるチームとしてのプレー・スタイルに常に立ち戻ること、このことが勢いに一喜一憂することのないバスケをおこなうカギだ。

「ポストを生かしてズレを生むことです」

ここで、こう明快に答えたのがなんと剛だった。荒神の問いかけに対し、まるで他人事であるかのようにポカーンとした表情をしていることのある剛。しかし、今日はプレーも含めて全てがクリアーだ。

そうだ、今日のテーマは、ポスト・ポジションを活用してノー・マークの状況をつくることだった。

「そうだったな、剛君。そして君自身はそれを見事に実行しようとしている」

荒神はニヤリと笑って剛を見た。

「練習でやってきたことをゲームで出さないと。チームとしてズレをつくる。数的有利を生む。それがバスケの面白さだよ」

と牧がもう一言添えて、メンバーをコートへと送り出した。

再開後、最初のリバウンド合戦をまたも高谷が制した。野道、見事にスリーポイントを決めて44対43とついに、ついに逆転。このゲーム初めて高谷のリードだ。高谷は剛効果で、健吾も駅も果敢にリバウンドに挑み、相手にしっかりとプレッシャーを与える。残り二十秒、野道が心憎いばかりにボールをキープ。最後のワン・プレーの攻撃に賭ける。

すると、フリースロー・ライン手前で張って一対一を仕掛けるかのように見せかけ、一つフェイクを入れた剛の動きにつられた黒丸センターがファウル。貴重なフリー・スローを得る。剛は一人で今日20得点。ワン・スローを確実に決め、45対43で3ピリオドを制した。勝負の分かれ目3ピリを高谷はなんと19対10と圧倒。トータルではたった1ゴール差だが、優勝候補黒丸相手に堂々互角以上の勝負を実現した。カギとなる3ピリを制し、データ的には高谷が有利に立った。

最終ピリオド前の最後のミーティングが始まった。

「君たちはもっとミートできるはず。それが君たち自身の求めるテーマではなかったか」

荒神のこの一言が再びメンバーを目覚めさせる。

野道以外の四人が思い浮かべるのは、やはりゴールデン・ウイークの黒丸遠征。そしてその後の神社のコートでの早朝練習だった。

「よっしゃー、ミート、ミート、ミート。ガードを一人にさせるな」

珍しく雄一が強いキャプテンシーを言葉で発揮し、味方を強く鼓舞した。

黒丸ボールのスロー・イン。高谷の守りは相変わらず粘り強く、堅い。開始早々インターセプトしたボールを野道がうまく捌き剛へ。剛、ディフェンスを自分に引きつけて、駅に合わす。スリーポイント。3ピリまで鳴りをひそめていた駅がじわじわといぶし銀の輝きを見せ始める。駅はおそらく、マイ・ペースの大器晩成型なのだ。これで逆に5点のリード。だが、黒丸もすぐに逆襲。復帰の大黒柱梅田が、目の色を変えてスリーポイントを決める。

この後、両チームともに気迫が空回りしてシュート・チャンスを外す膠着状態。しかし、黒丸黒崎、サイド・ラインをアウトになるボールに、飛びつきざま見事にはたいて、それがそのままナイス・パスに。勢い余って黒崎は高谷ベンチの、桃子の座るパイプ椅子に激突した。

「キャッ」

と思わず声を上げた桃子。だが、すぐさま手を差し伸べて黒崎を引っ張り起こす。

「大丈夫ですか」

激闘中でありながら、黒崎は天使の声を耳にした。

「大丈夫っす。ありがとう」

初めて握った桃子の柔らかい右の掌が、黒崎には燃えるように熱く感じられた。

黒崎のこの捨て身のパスを梅田がゴール下でうまく掬い上げながら、そのままシュート。48対48。再び同点。勝負の行方はいよいよわからない。

残りあと五分。ここで4ピリ好調の駅がスリーポイント成功。再び高谷リード。さらに黒丸がシュート・ミス。リバウンド・キープの高谷、つないで雄一がミドルを確実に決め、5点差に。

しかし、黒丸も速攻で剛のファウルを誘い、黒崎が難なく二スローを決め、簡単には崩れない。

高谷は高谷で、野道がいったん鋭く切り込み、外に戻したパスを剛が冷静にミドル・シュート。再び5点差に。

さらに黒丸ボールをスティールした野道が自分で持ち込み、ドライブを決める。7点差。

しかし、黒崎、意地のスリーポイントで4点差に詰め寄る。絶対に、意地でも引き離されない。

残り四十秒、ここで黒崎、野道のパスをスティール。梅田に渡ってスリーポイント。

1点差だ。激しいシーソー・ゲームは続く。ここで高谷荒神コーチ、予定通りのタイム・アウト。黒丸の追い上げをいったん断ち切る。

再開後、黒丸はスティール狙いのマン・ツー・マンに。両者激しくぶつかり合い、激しい撃ち合いのようなスティールの連続。残り三十秒で今度は黒丸三輪コーチがタイム・アウト。

残り十秒の攻防。高谷が時間を使って逃げ切るか、黒丸がマイ・ボールにして逆転ゴールを決められるか。選手がコートに入りかけた時、荒神コーチが再度タイム・アウト。指示の徹底というよりは、相撲の仕切り直しのように、間合いを取るためのタイム・アウトだ。

野道は、この時、今日のゲームの四つのピリオドが、あっと言う間に過ぎ去っていってしまうのをどうにもできないと強く感じていた。まるで光速化したような時間の流れに歯を食いしばって抗うしかなかった。

一年生の時から、あれだけたくさんの時間をかけて取り組んできたバスケ。まさにバスケ一色だった自分の生活。でも、今日のゲーム、ほんとうに振り返る間もない速さで自分の目の前から過ぎ去っていってしまう。そして、あと残りわずか数秒だ。もうワン・プレーだ。自分たちはこの残りの一瞬の勝負のために心血を注いできた。自分は果たしてここで踏ん張りきれるだろうか。でも、やるしかない。

ふと感じて振り返った視線の先に、ベンチで祈るように自分を見つめる桃子の強いまなざしがあった。

残りあと十秒。今度こそゲーム再開。黒丸は必ずやファウルで時計を止める。黒丸に残されているのはこの作戦しかない。案の定、スロー・イン直後、ボールを運ぶ野道に黒崎がファウル。ここで野道が二本決めても、自軍がスリーポイント成功すれば同点、延長に持ち込める。

野道、一本目を冷静に決め、58対56の1ゴール差に。ここでもう一本決めれば高谷、圧倒的有利。

しかし二本目、これがわずかにリングに嫌われ、ボールはなんと黒丸梅田の手に。

梅田、すかさず黒崎へパス。

残り一秒。黒崎、スリーポイント・ライン直前でキャッチ。まるでスロー・モーションのように見える動作で、最後のシュートを放つ。

ボールが手を離れると同時かどうか。微妙なタイミングで終了ブザーが長く尾を引くように鳴り続けた。まさにブザー・ビーター。選手も観衆も固唾を呑んで、空中のボールの軌道を見守る。

きれいに弧を描いたボールは、まるで磁石に吸い寄せられるようにゴール・リングの中へ。サッと白いネットを揺らし、無人のゴール下フロアーに落ちて、二度小さく跳ねた。そして次の瞬間、白いネットは何事もなかったように、全く動かなくなった。

高谷は、残り0コンマ01秒、わずか1点差の58対59で黒丸東部とのゲームに敗れた。

第4ピリオド　逝《ゆ》く夏

その1　盆帰り

ふだんの年なら、仏様をお送りして、少し落ち着いて逝く夏を惜しむ送り盆の日の午後のことだ。今年は、村の中学校の体育館に多くの人が集まって、高谷中バスケ部の歴史が閉じられる最後のゲームを見守った。相手は見事全国大会へ勝ち名乗りを挙げた黒丸東部中。その東部中の全国への壮行試合も兼ねた重みある真夏のラスト・ゲームとなった。

東部は久しぶりの全国大会出場。しかし、これはあり得ない番狂わせだと方々で言われた。実際、シーズン初めの東部チームの評判は決してよくはなかった。黒崎と梅田という二人のタレントはいるが、総合力でのランクは低く、北信越大会出場すら危ぶまれていたからだ。

　この急成長に至る全てのきっかけは、言うまでもなくあのゴールデン・ウイークの高谷戦での敗北だった。高谷に完敗してからの東部の変貌ぶりもまさに驚きだった。もともと高い個々の技能と強力なチーム・ディフェンスという伝統の底力をもちながら、メンタル面の弱さが指摘されていたチーム。しかし、桃子に完膚なきまでに打ちのめされたことが、眠れる獅子の闘争心に火を点けた。

　県大会で再び高谷と1点差勝負の大接戦を強いられたが、他の試合は全て圧倒的な王者の貫禄で勝ち上がり、北信越大会でもおおかたの予想を覆して準優勝という好成績を収めた。この目覚めた獅子が全国に乗り込む前に高谷に、いや桃子に借りを返しにやって来た。

＊　＊　＊

　県大会初戦、黒丸東部戦に敗れた高谷中のもとへ、東部中の三輪コーチが訪れた。後ろにキャプテンの黒崎雄治もついて来ていた。

高谷中は、チームとしての最後のミーティングをすでに終え、ちょうど帰途につくところだった。高谷中は来年度、近隣の町の中学校に吸収される。それに今年のバスケ部には、残念ながら新入部員が全く入ってこなかった。来年以降、「高谷中」がこの大会に再び出場することは一〇〇パーセントない。今日という日をもって公式ゲームへの参加は絶たれ、高谷中バスケの伝統の灯は消えた。

東部へのリベンジを誓っていた五人のバスケ小僧たちは、ゲームで力を出し尽くした充実感はあっても、目標をなし遂げられなかった無力感に打ちひしがれていた。中でも大原野道の落胆ぶりといったらなかった。

正直なところ、今日のゲームで高谷がここまで東部と渡り合うと予想した者はごくわずかだ。そしてあと一歩のところまで東部を追い込んだ最大の功労者として、ゲーム・メーカーの野道の活躍ぶりをすぐに思い浮かべる者がほとんどだった。

しかし、野道自身は自分の立てた「県一勝」という目標、つまりは憧れのアキラ先輩と並ぶことがかなわなかったのが、心底口惜しかった。相手が優勝候補東部だったということは何の言い訳にもならなかったし、むしろゴールデン・ウイークで歯噛みした思いを同時に晴らすためにも東部を絶対倒したかった。だから、いつまでも涙が止まらなかった。

「目標は達成するためにある」

と一年生の時から荒神コーチに教えられ、事実、目標を掲げて練習に向かうことを習慣化してきた。入学時、荒神コーチから配られた「目標設定用紙」なるものに、将来の夢を、

「ＮＢＡプレーヤー」

と迷うことなく書いた五人。その時、野道も自分の夢を疑うことなく抱いていた。

「夢はでっかくもつこと。そして夢はもち続ければ目標になり、目標はもち続ければやがて実現する」

と荒神に言われたことをずっと信じてやってきた。そして人を信じることが自分を強くしてくれることを、荒神コーチを通して実感し続けた中学時代だった。荒神コーチの指導を受けていれば、自分はほんとうにＮＢＡでプレーできると信じて、どんな辛い練習にも耐えてこられた。

だから、今回の目標も達成して先へ進みたかった。目標をもって先へ進むことが自

分を変えてくれる。バスケは自分に最も大切なそのことを教えてくれた。それゆえ、今日ここで負けてしまったことがひどく哀しく、辛かった。

三輪にはゲームの直後にも話をしてもらっていた。しかし、こみ上げてくる口惜しさで六人はまともにその話を聞くことができなかった。ここでやっと落ち着いて三輪に対することができた。野道も少しずつ平静を取り戻しつつあった。三輪は高谷の六人の表情をゆっくりと確かめるように見渡した後、静かにこう切り出した。

「高中バスケの歴史を締めくくるにあたり、今日、君たちのベスト・ゲームを目にすることができたことに、まず感謝したい。勝負というものは結果が全てと言われる。だが、バスケットボールは違う。ゲームの内容だ。そして、その質だ。見ていて心動かされ、バスケというのはこういう面白さのあるスポーツなんだと自然に思わされるのがベスト・ゲームだ。今日のゲーム、練習してきたことがほんとうによく出ていた。たまたま運が私たち東部中に味方したが、五月以来の君たちの精進ぶりに改めて驚かされた。短い時間の中で、よくぞここまで成長できた。ほんとうによく練習したんだね、君たちは」

三輪がそう語りながら、目にじっと涙をためていることに高谷の六人は吸い寄せられるような気持ちにさせられた。

「今日のベスト・ゲームで私は十分満足している。お互いが全力で練習してきたものを出し尽くせたのだから。だが、うちのメンバーには違う思いがあるようだ。チームメート全員の思いを代表してキャプテンがそれを伝えたいと言うので、ぜひ聞いてやってくれないか」

高谷の六人は、予想もしなかった展開に驚きを隠せなかった。しかし、誰も三輪の投げかけに異論を差し挟む者はなかった。

黒崎が一歩前に進み出た。ピョコリと一つお辞儀をして話し出した。少しあごを引き気味にして、視線もやや下げている。

「先ほどのゲーム、ありがとうございました。僕たちはあの五月以来、高谷中との再戦を自分たちの目標においてやってきました」

高谷中の六人の目がにわかに輝きを帯び始める。

「三輪コーチがおっしゃられたように、僕たちもいいゲームができたと思います。そして、結果的には勝負に勝たせてもらって、先へ進むことができましたが、僕たちは今日高谷中とゲームができたこと自体が、まず嬉しかったのです」

ここで黒崎は少し下げ気味だった視線を上げて、高谷の六人の顔を真っ正面から見た。

「でも、大変失礼な言い方かと思いますが、僕たちは五月の連休以来、練習ゲームでの借りをどうしても高谷に返したいという思い一心でやってきていたのです。今日のゲーム、勝てたのはほんとうに1点差の幸運で、その僕たちがこんな生意気なこと言ってはいけないかと思いますが……」

黒崎はもう一度視線をやや落とし、少し言い淀む。六人はじっと固唾を呑んで黒崎を見ている。

「今日のゲームをやってみて、絶対に高谷の方がまだまだ強いと僕は思いました」

そう言い切りながら、また視線をまっすぐに起こす。

「高谷は先発五人の力だけで僕たちに勝つ寸前だった。もし、チーム全員が出ていたら、僕たちは絶対に勝てなかったと思う。五人だけが相手でさえ、僕たちはアップアップで、ほんとうに五月のチームとはまた全く違った高谷の強さを思い知らされたのです。今日の高谷に勝ったからといって、ほんとうに高谷の上をいったとはどうしても思えないのです。これはチーム全員の思いです」

六人は黒崎の熱弁に吸い込まれていた。こんなにも必死に思いを語る同じ中学生を見たことがなかった。

「どうか、お願いします。もう一度、ゲームをさせてください。お願いします」

黒崎はそう言うなり腰を折り曲げて深くお辞儀した。


しばらく、沈黙が続いた。そして、やがて三輪コーチが言葉をつないだ。

「高谷のみんな、どうか一つ我々の願いを聞いてくれないか。もし、東部中が全国に行けたら、もう一度ゲームをしてくれないか。全国大会は来月八月のお盆明けにある。どうかそこまでこの東部に付き合ってくれないか。もちろんこれからまだこの大会を勝ち抜き、さらに北信越も勝ち抜いて、全国へのキップをやっと手に入れてという気の遠くなるような話だ。しかし、うちの選手たちはみな本気だ。ぜひその暁には、この願いを聞き入れてくれないか」

三輪の話が終わるか終わらないかというタイミングで、黒崎がもう一度、叫ぶように訴えるように、

「どうかお願いします」

と言いながら、腰のところでパキッと折れるようなお辞儀をしたまま、今度はまるで石像のように動かなくなった。

＊＊＊

午前中、荒神欣四郎は牧夫妻と共に仏様を送りに墓地に来ていた。暑い暑い夏の日だった。行き会う村人と挨拶を交わし、墓をきれいに水で清め、花の大好きだった光希のために幾種類もの盆花で墓を飾った。

「俺たちもこれだけ暑いんだから、この中にいる人たちもほんとうに暑いだろうな」

牧がそう言って柄杓《ひしゃく》にたっぷりと水を汲んで、何度も何度も墓石の上にかけては冷やしている。美子は花を包んできた新聞紙にマッチで火を点け、炎を線香に移している。荒神はじっと遠くの空に目をやりながら、いつもの年のように、光希が亡くなったあの日から自分が歩いてきた道を振り返っている。

「欣四郎さん、あなたは、バスケは、部活は、いったい誰のためのものだと思っているの。バスケは生徒さんたちのものでしょう。部活は生徒さんたちのものでしょう。私は、あなたが生徒さんたちを大事にして、共に泣き、笑い、そして心を動かすそんな優しさが好きなの。あなたのその優しさが大好きなの」

その当時、高校バスケ指導者の風雲児として脚光を浴び始めていた荒神。自分の本意ではないとは思いながら、知らず知らず勝敗にこだわり、部活を自分のもののように錯覚し始めていた。そんな荒神をしばしば目覚めさせてくれたのが、恋人光希の言葉だった。そして、あの「みかえり淵」での光景が鮮烈に蘇る。

水の中で荒神は、自分の意識がふっと遠ざかるのを感じた。

ああ、俺も死ぬんだな。

と覚悟した。すると、その時だ。上方から眩い光が強く射し込んできて、薄れかけていく意識を目覚めさせた。そして荒神は、その時、たしかに耳にしたのだ。

「欣四郎さん、あなたは来ちゃだめ。来ないで。あなたは生きて」

光希のそのふりしぼるような声が耳に谺した。それから上方の光射す方向へと、自分の体が勢いよく吸い上げられていくのを感じた。だが、次第に意識は遠のき、欣四郎は眠りに落ちていく感覚に捉えられていった。

＊　＊　＊

自分は光希がいてくれたから、自分らしく生きていられたんだ。

失ってみて、その思いがいっそう強くなった。いちばん大切なものを失うということが、自分にとっていかに大きなことなのか。だから、しばらくはその光希を思い起こさせるもの全てから離れていたくなった。バスケもそうだった。できれば、この高谷村からも離れて暮らしたかった。この村には光希につながる思い出が至るところにあるからだ。

しかし、結局ここから去ることはできなかった。牧や美子が、生きていく大きな心の支えになってくれた。あの日意識を取り戻した自分の目の前に座っていた大原老人の慈愛に満ちた微笑みも、どうしても忘れられなかった。

この人の恩に報いるために自分は生きなければ、と強く思わされた瞬間のことが、脳裏から離れなかった。そして、水の中で耳にした光希の、

「あなたは生きて」

という言葉が、何度も何度も鮮やかに蘇ってくるのだった。

ふと、我に返り、黒光りする墓石を見る。たくさん水をかけられやっと一息ついたように、夏の景色の中に厳然と、しかし、どこか優しげに立っている。その前で牧が、そして美子が静かに合掌している。


やがて荒神は、少し離れたところにある別の墓の前に立った。すでに誰かがきれいにしたようで、整えられた跡がある。花も新しく供えられている。

荒神は立ったまま目をつぶった。すると、村の神社の境内で、バスケットボールに興じる一組の親子の姿が蘇って見えた。作業着を着た長身の父親のつくボールを、ちょうどその膝頭あたりの背丈の幼子が懸命に奪おうとしている。少し手加減したとたん、幼子が見事にカットしてボールを奪い取る。蝉の鳴き声が間断なく降り注いでいるから、季節はちょうど今と同じ頃だろうか。

「ナイス・カット」

と言って、傍らのベンチで見ていた若い母親が拍手を贈る。満面の笑みを見せて母を振り返る幼子。そして、次の瞬間、長身の父親がその幼子を肩車して、境内の古びた建物の壁に付けられたバスケット・ゴールに近づく。

「さ、シュートだ」

父親がそう言うと、幼子は父の頭上から、シュートを狙う動作に入る。

「ボードの黒い四角にぶつけてごらん」

その声に頷きながら、幼子がボールをコンパネでできた少し曲がったボードに精一杯投げつける。ボールはリングの上の黒いペンキで描かれた枠にぶつかって、そして見事にネットを揺らす。

「わあ、竜ちゃん、ナイス・シュート」

母親が心から嬉しそうに、拍手をしながら跳び上がる。

「いいねえ、いいシュートだ。シュートはまずはボードに助けてもらうことから始めるってもんだ」

長身の父親はゴールの方を見上げた後、夏の午後の微風に揺れるそのすぐ下の白いゴール・ネットを、眩しげにいつまでも眺めていた。

その微笑ましい光景がやがて幼子の成長した姿に変わり、体育館のバスケット・コートでのシーンがいくつか覆い被さっていく。そして、その合間合間に若い母親の美しい面影がフラッシュを焚いた写真撮影のように挿入されてくる。

中学生の山村留学の制度を設けて、過疎化対策に乗り出した高谷村。その中核に全寮制のバスケットボールの活動が置かれた。村に住むかつての名指導者に担当者としての白羽の矢が立った。荒神の心も次第にバスケに飢え出していた時だったために、最終的に承諾した。

この試みはうまく位置づいていくように思われた。荒神の指導もかつてとは違い、勝ち負けよりも子供の心をどうしていくかに腐心するものとなっていたからだ。自分が大好きだったバスケがこうまで中学生の心を大きく育てていくとは。荒神は大きな満足感を得られる日々を手にしていた。もちろん義弟になるはずだった男を何とか復活させたかった牧の尽力も大きかった。

ちょうどその頃、この村の道路工事に携わって移り住んでいた建設会社の主任に、バスケ好きの男がいた。その男板倉竜一《いたくらりゅういち》と気が合った荒神は、共にバスケ指導に心血を注いだ。だが、板倉は最後のトンネル工事で落盤事故に遭い、還らぬ人となったのだ。

今、目の前にその男は眠っている。

そして、板倉の忘れ形見竜次《りゅうじ》は、多感な思春期に荒れに荒れた。もしバスケがなかったら、そして荒神がいなかったらどうなったであろうか。バスケは竜次を善なる方へと導いた。母と荒神の支えによって彼は、やがて名プレーヤーとしてこの高谷を巣立っていった。

その後、全国的な少子化の波と過疎化の進行による村予算の激減で、山村留学制度自体の存続が難しくなり、やがて時の功労者荒神は、中学校の部活の外部コーチのポジションに残り、高谷の歴史と共に今日まで生きることとなった。

「板倉、俺も今日で一区切りだ。あの時一緒にやってくれて、ほんとうにありがたかったよ」

荒神は清々しく整えられた墓前でそう伝えると、牧夫妻の待つ墓石の前にゆっくりと戻っていった。

相変わらずの暑い夏の日差しであったが、一陣の涼風が頬を過るのが心地よかった。風の来た辺りを見渡すと、ピンクと白のコスモスがかすかに揺れていた。

光希はコスモスが好きだったなあ。

と、荒神はもう一度コスモスの花の揺れる向こう側にある青空の中に、光希の笑顔を思い浮かべていた。

その2　最後の再戦

高谷は約束通り、桃子先発の布陣でスタートした。野道がベンチに控え、ゴールデン・ウイークの練習ゲームの再現となった。

ゲーム開始。ジャンプ・ボールに立つ黒丸センター梅田は闘志満々。審判の手を離れたボールを圧倒的な高さで弾いて黒崎へ。黒崎、そのままスピード・ドリブルでゴール下に攻め込み、レイアップ・シュート。高谷がディフェンスに動く間もなく、あっと言う間の先制だ。

その後、黒崎がパスを入れる桃子に完全に密着する。どうやら相手のエースをディフェンスのスペシャリスト一人がオール・コートで完全にマークしながら、自陣の守りはゾーン・ディフェンスの形を基本とする「ダイアモンド・ワン」と呼ばれる作戦をとるつもりだ。これではさすがの桃子もボールをコントロールするどころか身動きさえ自由にできず、高谷は攻撃を組み立てられない。桃子にボールを扱わせなければゲームをリードできると踏んでの、王者のプライドをかなぐり捨てた東部の作戦だ。

だが、桃子を徹底マークする当の黒崎は、マークしながらも桃子に至近距離で相対することに強い胸苦しさを感じていた。今日は最初から相手の桃子が女子だとははっきりとわかっている。その女子に今度はやられてなるものかという意地のような気持ちと、ここ数ヶ月いつも自分の胸を支配していた桃子というプレッシャーのその生身に否応なしに近づかなければならないことに、緊張を強いられ、息苦しく感じさせられもした。

最初は意地の方が当然勝った。ゴールデン・ウイークに味わったあの敗北の苦さを何とか拭い去りたいという気持ちの方が、黒崎を強く駆り立てた。攻撃は他の連中に任せ、ひたすら桃子の動きを封じる。桃子の腰のラインに視線を定め、足の運びを読みながら、桃子に絶対にボールを保持させないようにブロックする。桃子に仕事をさせない。それが俺の役目だ。黒崎の心を律するたった一つの合い言葉が、

「桃子を制する」

だった。

高谷は桃子の代わりに雄一がボールを運んだ。しかし、雄一の視野の広さでは、残念ながらディフェンスの強さに定評ある東部の壁をこじ開けられる展開を演出できなかった。高谷は相手にパスをインターセプトされた。苦し紛れに遠くから放つシュートもゴールに嫌がられ、そのこぼれ球もことごとく鬼神のように立ちはだかる東部のセンター・プレーヤー梅田に支配された。

東部は、桃子に密着マークの黒崎を欠いても、あとの四人がそれぞれにゲームを組み立てられるだけの力をもち、実際どこからでもゲームを組み立てた。

高谷に真に勝ちたい。

という気迫が、最初から上回っていたし、全国出場を決めたことが県大会当時にはなかった強力な自信につながっていた。

点差はあっと言う間に3ゴール6点差に開いた。しかし、荒神は桃子を代えない。

タイム・アウトすらとらない。東部が求めたままの桃子との再戦を第一だと考えているからだろうか。ここは桃子以外の四人が何とかするしかなかった。

実は桃子は、得点にこそ絡めないが、相手エース黒崎に密着マークされることで、逆に黒崎にもオフェンスの仕事をさせていない。それだけでも一つの重要な役割を果たしていると言えた。もし爆発的なオフェンス力をもつ黒崎が関わっていたら、すぐさまもっと大差をつけられる展開になっていたかもしれない。

その黒崎の加わらない東部オフェンスを率いたのが梅田。長身にも関わらず、身のこなしがよく、攻撃の組み立てからシュート、リバウンドの処理までオール・ラウンドの活躍をした。しかし、今日もその梅田に対して、剛が互角に渡り合った。ふだんのヌーボーとした雰囲気が微塵も感じられない。

あの県大会以来、コート上ではまるで人が変わるようだ。とくに懸命にディフェンスに戻る姿が高谷のチームメートを奮い立たせた。圧倒的に東部に攻め込まれながらも、何とか食いついていけたのは、剛の献身的なディフェンスとマイ・リバウンドの徹底確保のおかげだった。センター・プレーヤーがその巨体をふりしぼるようにディフェンスに徹するチームは、全員の気持ちが引き締まって強かった。

「どうだい、東部は」

「ま、県大会の時よりかはましになっているかな」

「それにしても『ダイアモンド・ワン』とはね。過剰反応しすぎてんじゃないかな、桃子に」

「もったいないねえ。普通にやりゃいいのに、普通に」

「じゃ、そろそろ野道のガードで逆転仕掛けるか」

「オーケー、一足お先に高校生仕様のバスケットで」

「俺、県大会で負けてからの方が、ぐんと動けるようになった気がする。変なプレッシャー、全然ないし、フォーメーションもよくわかる。もしかして、頭良くなったかも」

「俺も」

「俺も」

「バスケが面白くてなんないよ」

後半、高谷はガードに野道が入り、雄一が退いて桃子がそのままコートに残った。

黒崎は前半同様桃子に密着マークだ。ボール運びは当然野道が担った。そうなると、黒崎の桃子マークはまるで意味をもたなくなって、ゲームは事実上四対四の戦いの様相を呈した。そして、本来のゲーム・メーカーのいない東部は、次第に攻撃のリズムを崩していった。前半慣れないゲーム・メークで飛ばした梅田もオーバー・ワークで、細かい連携ミスが目立ってきた。そこにスタミナ十分の野道が入り込んできたのだから、流れは一気に高谷に傾いた。

野道は、黒崎のハード・ディフェンスを気にせず攻撃を組み立てられることが何より楽で、これまでのどのゲームよりも視野を広くして、三人の仲間の持ち味を生かすラスト・パスの供給ができた。また、パスの受け手も、なぜここまで自分の感覚にフィットしてくるのか不思議に思えるほどのちょうどいいパスを手に入れ、爽快にシュートを決められた。

前半あれだけあった点差はあっと言う間に縮まり、東部の三輪コーチも業を煮やしてタイム・アウトをとり、ついに「ダイアモンド・ワン」を解いた。しかし、いったんできあがったゲームの基本的な流れを覆すことは、いかに黒崎・梅田という二枚看板を擁す東部とて至難の業。

逆に、今度は解き放たれた黒豹小沢桃子の自由自在のゲーム・メークに翻弄される有様だった。東部が桃子つぶしにプレッシャーをかけに出ると、スッと野道にスイッチして攻撃の組み立てが変化する。まさに変幻自在を絵に描いたような高谷の攻撃に東部はなすすべがなかった。それに、野道がガードに入ってから、桃子を除くあとの三人が自分からボールを呼び、パスを求める姿が明確になった。これだけ必要な声がプレーヤー自身の判断で多く出るチームは、もはや中学生レベルを超えていた。

＊　＊　＊

高谷中バスケ部は、県大会で敗退した時点で三年生の引退と事実上の廃部が決まり、部活の練習も終わるはずだった。しかし、高谷の六人は黒崎の願いを引き受けた以上、少なくともチームのピークの力を維持する練習を続けていくよりないと思っていたし、荒神もそれまで同様のコーチを続けた。そして、それだけでなく、荒神は六人に新しいモチベーションも与えてくれた。

「高中はなくなる。君たちも卒業でいなくなる。私もこれを機にバスケを辞めようと思ったが、どうやら私にはバスケしかないらしい。モタモタしていたら、いつの間にか高校のコーチの話が来ちまった。けっこういい選手が集まるんだが、コーチが腰掛けでね。なかなか成長できない高校があるらしいよ」

「それって、ひょっとして結田高？」

「まっ、たしかそんなような名前だった気がする」

「やったぜ。俺、絶対結田高でバスケ続ける」

「俺も」

「俺も」

「俺も」

「君たち、そう簡単に言うが、成績大丈夫か。たしか、けっこうな進学校だと聞いているが」

「大丈夫。みんなで勉強も頑張る。この夏から受験勉強の合宿をする。責任者は広志先生。何てったって難関の採用試験通ったんだから大丈夫」

　話はあれよあれよという間に決まり、東部中を迎え撃つバスケの練習とともに、高校入試に向けての受験勉強も盛り込んだ本格的な夏合宿がおこなわれることになった。

たった一人「受験」と聞いてもなかなかピンと来ない長身のプレーヤーがいたが。

＊　＊　＊

東部は見事に返り討ちにあった。しかし、そこには、ゴールデン・ウイークで敗北した時のような悲壮感は不思議と生まれなかった。これだけ完膚なきまでに相手ペースでゲームを進められてしまうと、剥き出しの闘争心だけが空回りするということもなかった。

そして、黒崎自身がこの敗戦に夢うつつのままだった。桃子の完全マークでゲームの全体像が捉えきれず、本来の仕事とは程遠いままにゲームは終わってしまったという感じだった。しかし、それとは正反対に、桃子に対峙し完全に密着マークする中で、これまでに感じたことのないプレーの心地よさのようなものも覚えていた。

桃子のフットワークについていく。フェイクに引っかからないように動きを予測する。その一つ一つが新鮮で、まるで桃子にバスケの個人レッスンを受けているような気分になった。

桃子と一緒に時間を過ごしていると、自分はこのままどんどんバスケがうまくなっていくような気がした。ふだんやっている一対一の練習は苦しいばかりのものだが、桃子とのマン・ツー・マンは、決して苦痛を感じさせるものではなかった。

＊　＊　＊

二十分後、黒丸東部中のキャプテン黒崎は、高谷中対高谷倶楽部のゲーム開始に目を見張った。先ほどまでコート上で戦った高谷中メンバーがユニフォームを替え、何だか別人になって登場してきたからだ。

真新しい深紅のユニフォームの胸には、鮮やかに「ＡＲＡＪＩＮ」の真っ白い文字が躍る。顔ぶれは桃子を除いたいつもの五人だ。

そして、対する高谷倶楽部の選手たちを見て、黒崎は思わず驚きの声を上げた。目の覚めるような黄色のユニフォーム。そして全員が、同じ黄色のヘアー・バンドをしている。もちろん真っ先に目に入ったのは小沢桃子だ。先ほどまで自分が至近距離で対峙していた高谷中のユニフォーム姿とは違って、ずいぶん大人びて見える。ユニフォームがやや大きめのザックリとしたつくりということもあるが、まるで今朝この体育館に来る道すがらたくさん目にしてきた背の高い大輪のひまわりの花のようだったからだ。

そして、桃子と同じユニフォーム姿のメンバーの中に見慣れた顔がある。桃子の兄小沢アキラだ。ただ、去年の記憶の中にあるアキラとは、顔つきは同じでも印象はかなり違う。そうだ、身長が伸びたのだ。去年ガードのポジションをやっていた頃のアキラとは違い、まるでセンター・プレーヤーのような体躯になっている。

高校バスケの名門、京都の嵐野高に入り、すでにゲームにも何回か出場していると聞く。黒崎にとっては自分が一年生の時に県選抜の練習で出逢って以来の憧れのプレーヤーがアキラだ。その憧れのアキラにこのゲームの後半対峙できることに武者震いを覚えた。

そして高谷倶楽部には、さらにもう一人驚かされるプレーヤーがいた。身長二メートル近い、どう見ても外国人とおぼしき選手だ。その巨体に何よりも驚いたが、どうやらこの選手、左腕がない。右腕一本で器用にボールを操っている。

「どうだ、高谷倶楽部の印象は？」

いつの間に来たのか、すぐ隣の席に三輪コーチが座っている。黒崎はハッとなった。

「お前さんたちには、実はこのクラブチームのプレーを見てもらいたくて、高谷村に来たのさ」

三輪のこの言葉は黒崎には意外だった。ただただ桃子との再戦、桃子に借りを返すことばかり考えていた自分たちだったからだ。

「高中は高谷倶楽部に鍛えられているから強いんだ。高中の強さの秘密は、この高谷倶楽部との合同練習なんだよ。小沢アキラ君がいるだろう。そして、あの巨漢センターのコリン・ロバーツ選手。隻腕だけど、本場アメリカのカレッジ・バスケットボールの名選手だった人さ。それから、もう一人。お前さんたちよりずっと前に高谷中で全国を経験している大先輩の板倉竜次選手。彼こそただもんじゃない。大学時代、全日本入りも噂された名フォワードだ。それに地味だが、いぶし銀のプレーをするのがあの三野唯志君。六年前のインターハイで結田高のキャプテンとして活躍した選手だ」

三輪の説明にいちいち頷きながら、しかし、黒崎は上の空で、次第に舞い上がっていくような思いに駆られていた。どうやらもうすぐここで、次元の違うすごいバスケが見られそうな予感がした。

「あとは、お前さんが最も気になる小沢桃子さん。あの子がこのメンツの中でどう働くか。私も楽しみで仕方ないんだ」

珍しくはしゃぐような物言いの三輪の姿に、黒崎は驚いた。三輪コーチに対してこれまで抱いていた自分の思いが、何だか覆されていくような気がした。

ふと周りを見渡すと、体育館の観客席がほぼ満杯になっていることに、改めて気づいた。ギャラリーには今までなかった二つの大きな横断幕がくくり付けられてあった。どちらも手書きのものだが、鮮やかな筆の跡が白い布地に躍動して見える。作られたばかりで、墨の匂いが香るようだ。

「祝・全国大会出場　黒丸市立東部中学校男子バスケットボール部　一心不乱にガンバレ！　高谷村民一同」

これを見て、黒崎はジーンときた。自分たちの全国大会出場を、ここ高谷村の人が村を挙げて祝ってくれている。黒丸市という大きな市街地に暮らす黒崎にとっては、不思議と思える「地域性」の感覚だ。そして、その隣にこちらは朱色の墨跡も鮮やかに、「長い間高谷のバスケ指導をありがとう。お疲れさま荒神欣四郎コーチ！　村民一同」

とあるのを目にした。これを見た時、今日のこのゲームが、この村の人たちにとっては合併統合による一つの歴史の終わりを意味する特別な出来事であることを、黒崎は改めて思い知った。そして、高谷を率いる荒神コーチが村人の間でもとても大きな存在なんだということを、細かな事情はよくわからないまでも重く重く感じていた。

ゲーム前に一人ひとりの選手が進行役の村役場の職員によって紹介された。さながら何か余興のイベントのように思え、気恥ずかしい思いもしたが、紹介され、拍手を受ける選手たちが少し羨ましかった。晴れ舞台に立つ高谷中の選手たちが、いつにもましてかっこよく感じられた。そして、選手登場の最後に現れた高谷倶楽部の小沢桃子が、一段と輝くひまわりの花そのもののように見えた。

続いて両チームのコーチが紹介された。高谷倶楽部はさっき三輪コーチが話していた板倉竜次が選手と兼任でコーチを務めた。そして、高谷中、いや紹介でははっきりと、

「チーム・アラジン」

とされていたが、

「チーム・アラジン、コーチ荒神欣四郎」

と、まるでボクシングのタイトル・マッチかプロレスの試合の前触れのように抑揚をつけて語尾を必要以上に伸ばした紹介がアナウンスされると、場内から割れんばかりの盛大な拍手が鳴り響いた。

拍手と歓声は、しばらく止まなかった。黒崎には、この賞賛の意味がにわかには理解できなかった。しかし、どの人もどの人も惜しみなく手を打ち鳴らしている。隣にいる三輪コーチまでも同じように拍手を止めないでいる。

いったい荒神という人は何をどうした人だというのだろうか。黒崎には皆目わからなかった。しかし、観客の盛大な拍手に応えてコートに出て、少しはにかみながら手を振って応える荒神コーチが、この村の多くの人にとってかけがえのない存在なのだということは直感的にわかった。

荒神はいつもの公式試合の時と同様、白いワイシャツに赤ネクタイ姿の正装でコートに立っている。ＮＢＡのコーチさながらにビシッと決めて勝負に向かうのだ。

その時、体育館の片隅から、一人の人が座った車椅子が背後から押されてスルスルと荒神の方へ近づいてきた。座っているのは高齢の女性だ。胸に花束を押し抱いている。緊張した雰囲気ながら、荒神に対して精一杯の笑顔を贈ろうとしている。荒神の前に止まると、何か一言声をかけ、腕を懸命に伸ばして花束を渡した。大柄な荒神が体を折り曲げ、受け取って何事か言葉を返す姿が、ぎこちなくもどこか微笑ましかった。上気したその表情は笑顔でクシャクシャだ。あの女性は、デイ・サービスでも有名な荒神の追っかけである「おつねさん」に違いなかった。

センター・サークルで荒神とさっきの板倉プレーイング・コーチが握手を交わすと、場内の観衆は皆座席を立ち、スタンディング・オベーションで二人を賞賛した。黒崎はバスケ会場がこんな雰囲気に包まれるのを、初めて味わった。あの、照れたように笑っている高谷の大入道のようなコーチが、こんなにも讃えられ、慕われる存在なのかということが、やはり簡単には理解しきれないまま、まるで狐につままれたような感覚で席から立ち、自分もつられるように拍手を送っていた。

ゲームが始まった。桃子がボールをコントロールし、高谷倶楽部の攻撃を組み立てる。その桃子には、大原野道がぴったりディフェンスについている。その野道の一瞬の隙をつき、ドリブル突破を仕掛け、中に自分で切り込むと見せかけて、先に敵陣深く入り込んだ兄小沢アキラにロング・パスを出す。桃子の相変わらずの視野の広さに舌を巻く。タイミングぴったりで受け取ったアキラがミドル・シュートを決める。ほんとうに息が合ったコンビ・プレーとはこういうプレーを言うのだろう。黒崎は胸の内にチリチリと焦げるような思いが生まれてくるのを抑えきれなかった。

そして、高谷倶楽部のディフェンス。野道の球出しを狙い、桃子とアキラがダブル・チームで受け手の雄一をマークする。二人に囲まれてさすがの雄一も身動きできず、スローインを受けられないまま、五秒オーバー・タイムをとられ、攻撃権は高谷倶楽部へ。このダブル・チームは黒丸東部中のチーム・ディフェンスの持ちパターンであるだけに、黒崎には余計に二人の兄妹コンビの強力なディフェンスの鮮やかさが印象に残った。

「最強のオフェンスはプレッシャー・ディフェンス」

と常日頃三輪コーチが言っている言葉が脳裏に蘇る。そして、桃子と見事に息を合わせられるアキラが羨ましくてならなかった。

＊　＊　＊

後半が始まった。前半の高谷中と代わって黒丸東部中が高谷倶楽部に挑む。黒崎は初めてコート上で直接対する大人のチームのもつ大きな存在感と、それが醸し出す重圧のようなものを感じずにはいられなかった。ただ、その中に桃子の姿があることに、なぜか救われる思いがした。

だが、桃子は前のゲームで対戦した時とはまるで違って見えた。それは、大輪のひまわりを連想させるユニフォームの明るい色のせいであるのかもしれない。また、このゲームの前半で見せた縦横無尽・自由自在な動きの残像のせいであるのかもしれない。桃子は周りの大人に支えられて自由に動いているようにも、また逆に桃子が周りの大人の自在の動きを引き出しているようにも見えた。

ただ黒崎がはっきりと自覚していることは、前半を高谷倶楽部とほぼ互角に戦った高谷中のように、自分たちもこの大人たちのチームと戦えるかどうかということだった。全国大会出場校として、県大会初戦敗退チームの戦いぶりに見劣りするようなぶざまなプレーはできない。そのことを強く意識した。もちろん今度は「ダイアモンド・ワン」など端《はな》から使わない。正真正銘五対五のガチンコ勝負だ。

高谷倶楽部は、今度は小沢アキラがガードとしてゲームを組み立てる。恐ろしく速いパス回しだ。右へ左へ素早いパスを回され、黒丸の選手たちはまるで車のワイパーのように激しく振り回され、やがて振り切られそうになり、辛うじてもちこたえる。ディフェンスのバランスがほんの少し崩れる。その綻《ほころ》んだところに、桃子が鋭く切れ込み、ディフェンスがついつられてしまい、コースがグッと広がる。すかさずそこに走り込む伝説の名選手、パワー・フォワードの板倉竜次。アキラからの鋭いパスが彼の走る前方にピタッと決まって、その勢いのまま鮮やかなレイアップ・シュート。

攻撃のスピードのギアが一気に加速して、さしもの黒丸ディフェンスもついていけない。こうして高谷倶楽部は黒丸ディフェンスのほんのわずかな隙も見逃さず、まるで錐《きり》を揉み込むようにしてこじ開けていく。

バスケはボールを持たない「オフ・ボール」の選手がどう動くかが展開のカギだが、高谷倶楽部の面々のその刃物の閃きのような、予測できない動きには恐怖心さえ覚えさせられた。変幻自在な動きに翻弄される形で、黒丸はあっと言う間に3ゴールを先制され、攻撃も完全にシャット・アウトされた。バスケは6点差以内のキープがゲームの目安となる。これ以上離されると厳しくなる。黒丸東部の三輪コーチが、ここでたまらずタイム・アウトをとる。

高谷倶楽部はプレーイング・コーチの板倉を中心にベンチの椅子に一列に座りながら、それぞれが給水する。改めて作戦を見直す必要はないようだ。対する東部は三輪コーチが、先発五人が腰掛ける椅子の前のフロアーに跪《ひざまず》く格好で、さかんに作戦板にマグネットを動かして指示を出す。選手は給水しながら、三輪コーチの言葉に大きく頷く。ホイッスルが鳴り、レフリーがコートに入るよう選手に促す。高谷倶楽部は桃子が右腕を高々と挙げ、

「タカヤー！」

と声を上げると、他のメンバーが右手を差し伸べて、短く、

「ウィン！」

と叫んで、それぞれにコートへと向かう。

対する東部は、キャプテン黒崎がやはり右手を掲げ、

「1・2・3」

と素早く数えると、

「オー！」

と全員が応じて、選手はコートへと小走りで向かう。

ゲーム再開。三輪コーチの絶妙のタイム・アウトでホッと一息ついた東部が、黒崎を中心にオフェンスの態勢をじっくり、じっくりと立て直していく。

その3　逝く夏

夕方、大原野道は体育館のすぐ傍にあるグラウンドの片隅のベンチに腰を下ろし、晩夏の夕暮れの空で雲のなす雄大な動きに見入っていた。昼過ぎからモコモコと迫り上がった入道雲が、バラ色に染まって柱のように空に聳え立っていた。この時期のこの色に染まる入道雲は決して夕立はもたらさない。野道はそのことを知っていた。かつて幼い頃、野道はじいちゃんに、

「バラ色ってどんな色？」

と尋ねてみたことがある。バラの花育ての名人と言われるじいちゃんは、それこそ四季咲きのバラの花をたくさん育てていたからだ。そこには深紅もあった。黄色もあった。鮮やかなピンクもあった。同じピンクでも株ごとにそれぞれ微妙に違った色合いだった。だから「バラ色の人生」と言われる時の「バラ色」とはほんとうはどの色をさすのか、野道にはずっと疑問だったのだ。じいちゃんは野道の問いかけに対し、即座には答えず、しばらく腕組みして考え込むような表情をした後で、

「野道は全くいい質問をするなあ」

と褒め、ニコニコと笑みを浮かべた後で、

「よし、じいちゃんが本物のバラ色ってやつを野道に教えてやる。たぶん明日くらいには実物が見られるはずだ」

夏休みの終わり間近のその日そう言い、実際翌日の夕方、じいちゃんに呼ばれ、大空を染める本物の「バラ色」という色を野道は明快に教わったのだった。

その日その時の空と同じく、しばらくこの世のものとは思えぬ美しく巨大な雲の絵

画展が空一面に次々とくり広げられた後、やがてカラッと晴れ上がった青空の名残をほんの片隅に残したまま、空は一面濃いピンクのベールに覆われていった。

十分ほども飽きずに見上げていただろうか。やがて、草いきれのような匂いを含んだ風が何度か吹きつけて、やがてその風が少し冷たさを感じさせるようになる頃、気がつけば一番星の光る紺色の夜空がピンクのベールの裏側にいつの間にか姿を現しつつあった。

「いやー、あの雲の色、きれい」

背後で鈴の鳴るような声がした。振り返るとそこに夕空を見上げる桃子がいた。空のバラ色が顔に映ったように、桃子の顔は明るく輝いていた。眩しげに少し目を細めている顔がいつになく大人びて見えて、野道はドキッとした。

「お疲れさん」

試合後で少しだけしゃがれているが、いつもの甲高い桃子の声がそう続いて、野道をさらにドキッとさせた。

「お、お疲れさん」

最後は消え入るような声でようやく答えると、野道は首すじから背中まで、カッと火照ったようになった。

「野道、強くなったね。相手にひるまないで、何度も何度も向かっていく野道見てたら、いっぱい元気もらっちゃった」

背中で聞く桃子のその言葉が、一瞬何かの美しい音楽のように聞こえた。何も言い継げないでいる。すると、

「よかったわ、中学でのラスト・ゲームがいい形で終わって。ね、野道」

何とか言葉を継がなければと焦る気持ちばかりが胸を塞いで、声が、言葉が出ない。

「ねっ、どした、疲れちゃった？」

「ち、ちがう、つ、疲れてなんてない」

ようやくそれだけしぼり出して言うと、また体の中がジーンと火照った。しばらく、沈黙が続いた。

「あの」

「あの」

二人が同時に声を発し、そして同時に言葉を引っ込めた。

「何?」

「何?」

これも同時だった。今度こそ自分が勇気を出して先んずる番だと強く思った。そして、目をつぶって思い切って後ろを振り返った。

「も、桃子」

「ん、何?」

「あ、ありがとう」

それだけ言うとほんとうに息が詰まりそうで、野道は胸が苦しくなって、その場に蹲《うずくま》ってしまった。

しばらくして、野道はただ眩しく桃子を見上げるしかなかった。桃子はずっと前から、いやに真顔になってじっと黙って野道を見つめていたようだ。

夕暮れの微風が火照った頬を冷やすようで気持ちよかった。そしてその時、目の前にいる少し怖いくらい真剣な桃子が、この世のどんなものより美しく野道には見えた。桃子も少しだけ眩しげに目を細めた。桃子のその美しさに吸い寄せられるように野道は声をふりしぼった。

「きょ、今日まで、い、いろいろ力になってくれて。ほんと、ありがとう」

そこまで言い切れた自分が信じられなかった。この夕空の色が、自分にエネルギーを与えて後押ししてくれたように思えた。

「ガードの大原野道君、頑張ったね」

桃子のその言葉が野道を心の芯から震わせた。

ちょうど桃子の背後に夕陽が隠れて、一瞬顔が翳った。その藍色の翳りの中にある桃子の表情が、それまでで最も神聖なものに見え、さらにもっとしっかり見ようとして、ついじっと目を凝らすような感じになった。

「やだ、私の顔に何かついてる?」

ジッと覗き込んでくるようにして見つめる二つの黒い瞳が魅惑的だった。その瞳の奥に吸い込まれていきそうだった。でも、咄嗟に余分な言葉が口をついて出てしまった。

「わ、私だって、小沢桃子が女の子の言葉つかった。初めて聞いた」

それを聞くと、桃子は急に弾かれたように後ろを向いた。

「ば、馬鹿。私はもともと女の子よ。女の子の言葉なんて普通につかうわ。もう野道の馬鹿」

バラ色の濃さを先刻よりさらに増した夕空を背にして、頬を赤らめて、桃子は振り向きざまに手を思い切り振り上げて野道をはたこうと迫ってきた。

「あれっ、また元通りの小沢桃子だ」

野道が腰を浮かせながらそう言うと、

「いやな野道」

と唇をとがらすような表情で、桃子は今度は野道をほんとうに追いかけるように迫ってきた。近づいて、もう最初の勢いはなくなっているその手が、野道の背に触れた。いきなり電気が走った。そしてその時、紺色の濃さを増した夕空に、わずかに朱色に輝く夕焼けが残っているのが、野道にはくっきりと見えていた。

あれがほんとうのバラ色ってやつなんだ。

野道は消え去りゆく夏の残像のような朱色がかったピンク色の空が、目に、自分の記憶に、強く強く焼きついていくのを、背中に残ったかすかな痛みとともにたしかに感じていた。

エピローグ

白い石の鳥居をくぐると、今朝の境内にはやけに明るい乾いた土が広がっているように思われた。そして、その上には、昨夜の盆踊りの後、二人で立ち寄った時の思い出が至るところに宝石のように散らばっていた。境内の片隅の巨木の幹に偶然見つけたエメラルド色の神秘。肢体をゆっくりゆっくり動かして脱皮していく一匹の蝉の神聖なシーンを二人してじっと見つめた。その蝉の茶色くなった抜け殻。笑い転げながら花火をした跡。周りを走り回っていた子供らのつけた無数のサンダルの足跡。その中にある絶対に見間違えることのない二つ仲良く並んだ桃子の下駄の足跡と自分のバスケット・シューズの足跡。あのバラ色の空を眺めた夕刻に約束して、その後二人でおち合った時の胸のときめき。浴衣姿の桃子の見たこともない美しさ。ずっと夢を見ているような忘れられない真夏の夜だった。

ジジジジジー。

突然、密やかな虫の集《すだ》きが、片隅の低い草むらから朝の始まりを告げるように聞こえ始めた。明け空は大気が半ば固まっているように曇っていたが、やがてはそれが解けて、確実に晴れていく気配が感じられた。晩夏の日差しが今日も強く大地を焦がす。そんな予感がした。

でも、数日前の夏の盛りの日々とは、頬を過る風の感触がたしかに変わっていた。すでに涼しさが宿っていた。胸いっぱいに境内の空気を吸い込んでみる。濃い夏の匂いと、次の季節を告げるどこか懐かしい香りが鼻腔をくすぐった。その匂いは、例えてみれば、季節の移ろいを示す稲藁を焼く匂いにかすかに似ていた。空気の香りこそが次の季節を明確に知らせる。野道の胸の内になぜか言いようのない充実感が満ちてきた。何だか思い切り背筋を伸ばしたくなった。

目をつぶってみると、昨夜桃子と過ごした初めてのデートと呼べるひとときが、また鮮やかに蘇った。野道は自分の頬をつねってみた。心地よい痛みが体の隅々まで広がっていった。そして、もう少し遠い記憶の先に、昼間のコート上での戦いも鮮やかに浮かび上がった。味方チームの一員の桃子から受け取ったパス。相手をフェイクでかわしてのシュート成功。

「ナイス・アイデア」

という桃子の甲高い声、祝福のウインク。そして少しはにかんだような笑顔。もし、この世に幸福というものがあるならば、まさにコート上のあの時の自分の心だ、と野道は思った。


目を開けると飛び込んできたのは公会堂の壁の古びたバスケット・ゴール。子供の頃、この境内のコートでくり広げられたボール遊びの延長のバスケットボールの光景が思い出される。自宅にコートをつくった今、ここを使うことはまずない。その自分にとっての過去の遺物が、しかし今朝は何だか大きく、輝いて見える。もし手元に今ボールがあったなら、自分は間違いなくあの錆の浮いたゴール・リングめざしてシュートを放つだろう。そういう自分を想像するのが心から楽しかった。

幼き日にバスケに出逢えてよかったとつくづく思った。バスケを続けてきてよかったと心から思った。そして、これから先もバスケが、自分を自分の望む方向に導いてくれるだろうと強く思った。

　その時、今度はまるでゼンマイ式のネジを巻き上げるような蝉の声が、不意にけたたましく唸り出した。やがて、その声は夏の終わりの貴重な一日がたしかに始まるということを知らせる、精一杯だがどこかはかなさのある鳴き声に変わっていった。じいちゃんはもう果樹園を見回っている頃だろう。桃子はまだ布団の中で、新たな夢を見ているのだろうか。

　もうすぐラジオ体操の子供たちが競うようにして駆け足でやって来ることだろう。でも、もう少しこの充溢《じゅういつ》した自分の時と場所を感じていたい。野道はそう思った。

　静寂に包まれているが、たしかな命の気配に充ち満ちたこの時間。そして、いくつもの宝物に出逢えるこの自分だけの場所。この朝の中に身を浸したまま、あと少しだけ八月の残りの光を愛おしみながら、逝く夏を深く深く味わいたい。野道は心からそう思った。

著者プロフィール

五ノ池 迅（ごのいけ じん）

立命館大学文学部卒業。

デビュー作『二対一』（2001年　ぎょうせい「SPORTS STORIES Ⅳ」所収）。

長野県飯田市在住。

バスケ小僧たち

2019年11月15日　初版第1刷発行

著　者　五ノ池 迅
発行者　瓜谷 綱延
発行所　株式会社文芸社
〒160-0022　東京都新宿区新宿1－10－1
電話　03-5369-3060（代表）
03-5369-2299（販売）

印刷所　株式会社暁印刷

ISBN978-4-286-21046-9